A VIDA SECRETA DOS ESCRITORES

Guillaume Musso

A VIDA SECRETA DOS ESCRITORES

Tradução de Julia da Rosa Simões

L&PM
EDITORES

Texto de acordo com a nova ortografia.
Título original: *La vie secrète des écrivains*

Tradução: Julia da Rosa Simões
Capa: Rémi Pépin. *Ilustração*: Shutterstock
Preparação: Mariana Donner da Costa
Revisão: Marianne Scholze

CIP-Brasil. Catalogação na publicação
Sindicato Nacional dos Editores de Livros, RJ.

M981v

Musso, Guillaume, 1974-
    A vida secreta dos escritores / Guillaume Musso; tradução Julia da Rosa Simões. – 1. ed. – Porto Alegre [RS]: L&PM, 2020.
    304 p. : il. ; 23 cm.

    Tradução de: *La vie secrète des écrivains*
    ISBN 978-65-5666-128-5

    1. Ficção francesa. I. Simões, Julia da Rosa. II. Título.

20-62969   CDD: 843
                     CDU: 82-3(44)

Meri Gleice Rodrigues de Souza - Bibliotecária CRB-7/6439

La vie secrète des écrivains by Guillaume Musso
© Calmann-Lévy, 2019

Todos os direitos desta edição reservados a L&PM Editores
Rua Comendador Coruja, 314, loja 9 – Floresta – 90.220-180
Porto Alegre – RS – Brasil / Fone: 51.3225.5777

Pedidos & Depto. Comercial: vendas@lpm.com.br
Fale conosco: info@lpm.com.br
www.lpm.com.br

Impresso no Brasil
Primavera de 2020

Sumário

Prólogo 13

O ESCRITOR QUE NÃO ESCREVIA MAIS

1. A primeira qualidade de um escritor 27
2. Aprender a escrever 45
3. As listas de compras dos escritores 55
4. Entrevistar um escritor 81
5. A contadora de histórias..........................103

O ANJO DE CABELOS DOURADOS

6. As férias do escritor.................................123
7. O sol por testemunha 145
8. Toda pessoa é uma sombra 165
9. A morte dos nossos.................................179

A INDIZÍVEL VERDADE

10. Os escritores contra o resto do mundo....201
11. Cai a noite...215
12. Um rosto cambiante 225

13. Miss Sarajevo..243
14. Dois sobreviventes do nada....................261

Epílogo...279

O verdadeiro do falso 297
Referências 301

Para Nathan

"Para sobreviver é preciso contar histórias."
UMBERTO ECO, *A ilha do dia anterior*

Saint-Julien-les-Roses

Porto

Mosteiro das beneditinas

Península Santa Sofia

Cottage Dunbar

Tristana Beach

Mar Mediterrâneo

Ponta do Açafrão

Cruzeiro do Sul

Praia Angra de Prata

Punta dell'Ago

Baía dos Pinheiros

Praia das Ondas

Pedra de Saragota

Ilha Beaumont

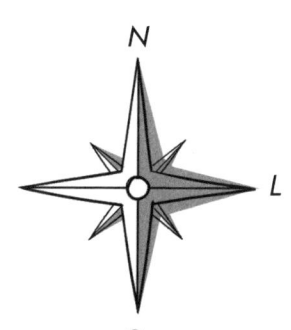

N · O · L · S

PRÓLOGO

O mistério Nathan Fawles

(*Le Soir* – 4 de março de 2017)

Ausente da cena literária há quase vinte anos, o autor do mítico *Loreleï Strange* ainda desperta verdadeiro fascínio sobre leitores de todas as idades. O escritor, que vive isolado numa ilha do Mediterrâneo, recusa obstinadamente todas as solicitações dos meios de comunicação. Um perfil do recluso da ilha Beaumont.

É o chamado Efeito Streisand: quanto mais tentamos esconder alguma coisa, mais atraímos a curiosidade dos outros para o que queremos dissimular. Desde seu súbito desaparecimento do mundo das letras aos 35 anos, Nathan Fawles é vítima desse mecanismo perverso. A vida do escritor franco-americano, cercada por uma aura de mistério, alimenta mexericos e rumores há vinte anos.

Nascido em Nova York no ano de 1964, de pai americano e mãe francesa, Fawles passou a infância na região parisiense e voltou aos Estados Unidos para concluir os estudos na Phillips Academy e na universidade de Yale. Diplomado em Direito e Ciência Política, dedicou-se às causas humanitárias e trabalhou por alguns anos junto à Ação Contra a Fome e aos Médicos Sem Fronteiras, em países como El Salvador, Armênia e Curdistão.

O ESCRITOR DE SUCESSO

Em 1993, Nathan Fawles voltou a Nova York, onde publicou seu primeiro romance, *Loreleï Strange*, o percurso iniciático de uma adolescente internada num hospital psiquiátrico. O sucesso do livro não é imediato, mas em poucos meses o boca a boca – sobretudo entre os leitores mais jovens – levou o romance ao topo das listas de mais vendidos. Dois anos depois, com sua segunda obra, *Uma pequena cidade americana*, um amplo romance coral de quase mil páginas, Fawles venceu o prêmio Pulitzer e se impôs como uma das vozes mais originais das letras americanas.

No final de 1997, o escritor voltou a surpreender o mundo da literatura. Morando em Paris, escreveu um novo romance na língua francesa. *Os fulminados*, uma dilacerante história de amor, também constituía uma reflexão sobre o luto, a vida interior e o poder da escrita. Foi nessa época que o público francês o descobriu de fato, principalmente depois de sua participação numa edição especial do programa *Bouillon de culture**, ao lado de Salman Rushdie, Umberto Eco e Mario Vargas Llosa. Fawles voltou a esse talk show em novembro de 1998, na que seria sua penúltima participação na mídia. Sete meses depois, com apenas 35 anos, Fawles anunciaria, numa entrevista bombástica para a agência France-Presse, sua decisão irrevogável de parar de escrever.

O RECLUSO DA ILHA BEAUMONT

Desde então, o escritor se mantém firme em sua decisão. Instalado numa casa da ilha Beaumont, Fawles nunca mais publicou nenhuma linha, nunca mais concedeu nenhuma entrevista. Recusou até mesmo os pedidos de

---

* Programa cultural da televisão pública francesa apresentado por Bernard Pivot – que também conduziu o célebre talk show literário *Apostrophes* por quinze anos. (N.E.)

adaptação de seus romances para o cinema e para a televisão (recentemente, Netflix e Amazon voltaram a ter suas ofertas, financeiramente muito interessantes, recusadas).

Faz quase vinte anos que o silêncio ensurdecedor do "recluso de Beaumont" alimenta teorias especulativas. Por que Nathan Fawles, com apenas 35 anos, então no auge do sucesso, escolheu retirar-se voluntariamente do mundo?

"Não existe um mistério Nathan Fawles", garante Jasper van Wyck, seu primeiro e único agente. "Não há nenhum segredo a ser revelado. Nathan simplesmente passou para outra coisa. Ele definitivamente virou a página da escrita e do mundo editorial." Questionado sobre a vida cotidiana do escritor, Van Wyck desconversa: "Pelo que sei, Nathan se dedica a seus interesses pessoais".

PARA VIVER FELIZ, VIVA ESCONDIDO

Para acabar definitivamente com a expectativa dos leitores, o agente afirma que o autor "não escreve uma linha há vinte anos" e é categórico: "Embora *Loreleï Strange* tenha sido comparado ao *Apanhador no campo de centeio*, Fawles não é Salinger: sua casa não tem um cofre cheio de manuscritos. Nunca mais haverá um romance assinado por Nathan Fawles. Nem depois de sua morte. Estejam certos disso".

Essas palavras, no entanto, nunca desanimaram os mais curiosos. Com o passar dos anos, inúmeros leitores e jornalistas fizeram o périplo até a ilha Beaumont para rondar a casa de Fawles. Sempre encontraram a porta fechada. Uma desconfiança que parece ter sido transmitida aos moradores da ilha. Nada surpreendente para um lugar que, mesmo antes da ida do escritor, tinha como seu lema a máxima *Para viver feliz, viva escondido.* "A prefeitura não se manifesta sobre a identidade de seus habitantes, ilustres ou não", limita-se a dizer a assessoria de comunicação. Raros são os insulares que aceitam falar sobre o escritor. Os que respondem a nossas perguntas banalizam a presença do autor de *Loreleï Strange* em suas terras. "Nathan Fawles não vive trancado em casa, nem fechado em si mesmo", garante Yvonne Sicard, esposa do único médico da ilha. "Cruzamos com ele várias vezes ao volante de seu Mini Moke quando ele vai fazer compras no Ed's Corner, o único mercadinho da cidade." Ele também frequenta o bar da ilha, "sobretudo para ver as reprises dos jogos do Olympique de Marselha", afirma o dono do estabelecimento. Um dos frequentadores do bar diz que "Nathan não é arredio como os jornalistas costumam descrevê-lo. É um sujeito bastante agradável que entende bastante de futebol e gosta de uísque japonês". Um único assunto o deixa de mau humor: "Se você tentar fazê-lo falar de seus livros ou de literatura, ele acabará saindo da sala".

UM VAZIO NA LITERATURA

Entre os escritores, encontramos vários admiradores incondicionais de Fawles. Tom Boyd, por exemplo, dedica-lhe uma admiração sem limites. "Devo-lhe algumas de minhas mais belas emoções literárias e, inegavelmente, ele é um dos escritores com quem tenho uma dívida", afirma o autor de A *trilogia dos anjos*. Thomas Degalais faz um comentário semelhante, em que afirma que Fawles construiu em três livros muito diferentes uma obra original que não perecerá. "Como todo mundo, lamento que tenha saído da cena literária", declara o romancista francês. "Sua voz faz falta na época em que vivemos. Eu gostaria que

Nathan voltasse à ativa com um novo romance, mas temo que isso nunca aconteça."

É provável que não, de fato. Mas não esqueçamos que Fawles escolheu como epígrafe de seu último romance uma frase do *Rei Lear*: "São as estrelas, as estrelas acima de nós, que governam nossos destinos".

Jean-Michel Dubois

O ESCRITOR
QUE NÃO ESCREVIA MAIS

Edições Calmann-Lévy
21, rue du Montparnasse
75006 Paris

Nº de identificação: 379529

                Sr. Raphaël Bataille
                75, avenue Aristide-Briand
                92120 Montrouge

                Paris, 28 de maio de 2018.

Senhor,

Recebemos o manuscrito de *A timidez dos cimos* e agradecemos a confiança depositada em nossa editora.

Seu manuscrito foi examinado com atenção por nosso comitê de leitura, mas, infelizmente, não corresponde ao tipo de obra que buscamos para o nosso catálogo.

Esperamos que encontre sem demora uma editora para o seu texto.

Cordialmente,

Secretaria Literária

P.S.: Seu manuscrito ficará à disposição em nossa sede por um mês. Caso queira recebê-lo por correio, solicitamos o envio de um envelope selado.

1
A primeira qualidade de um escritor

A primeira qualidade de um escritor é ter boas nádegas.

Dany Laferrière

Terça-feira, 11 de setembro de 2018.

1.
O vento fazia as velas baterem sob um céu esplendoroso.

O veleiro havia deixado a costa do Var logo depois das 13 horas e navegava a uma velocidade de cinco nós na direção da ilha Beaumont. Junto ao posto de pilotagem, sentado ao lado do *skipper*, eu me deixava inebriar pelas promessas do alto-mar, totalmente entregue à contemplação da limalha dourada que cintilava sobre o Mediterrâneo.

Naquela manhã, eu havia deixado meu quarto e sala da região parisiense para pegar o TGV das seis horas da manhã com destino a Avignon. Na cidade dos papas, peguei um ônibus até Hyères, depois um táxi até o pequeno porto de Saint-Julien-les-Roses, o único com um ferryboat até a ilha Beaumont. Devido ao enésimo atraso da SNCF, perdi por cinco minutos a única saída da manhã. Enquanto eu vagava pelo cais, arrastando a mala, o capitão de um veleiro holandês que se preparava para buscar passageiros na ilha gentilmente me convidou a fazer a travessia com ele.

Eu tinha acabado de fazer 24 anos e estava num momento complicado da minha vida. Dois anos antes, formara-me numa escola parisiense de comércio, mas não procurara nenhum emprego na área. Fizera aqueles estudos para tranquilizar meus pais, e não queria nada que envolvesse gestão, marketing ou finanças. Fazia dois anos que me virava em pequenos empregos para pagar o aluguel, mas dedicava toda a minha energia criativa à escrita de um romance, *A timidez dos cimos*, recusado por uma dezena de editoras. Eu havia afixado todas as cartas de recusa no painel acima da minha escrivaninha. Cada alfinete enfiado na superfície de cortiça era sentido em meu próprio coração, tão grande era minha paixão pela escrita.

Felizmente, a prostração nunca durava muito. Eu sempre conseguia me convencer de que os fracassos preparavam a vitória. Para acreditar nisso, apegava-me a exemplos ilustres. Stephen King sempre dizia que *Carrie* fora recusada por trinta editoras. Metade das editoras londrinas havia julgado o primeiro volume de *Harry Potter* "longo demais para crianças". Antes de ser o romance de ficção científica mais vendido no mundo, *Duna*, de Frank Herbert, sofrera mais de vinte rejeições. Francis Scott Fitzgerald, por sua vez, tinha forrado as paredes de seu escritório com as 122 cartas de recusa enviadas pelas revistas a que oferecera suas novelas.

2.

Mas essa autossugestão chegava a seu limite. Apesar de toda a minha vontade, eu sentia dificuldade de voltar a escrever. Não era a síndrome da página em branco ou a falta de ideias que me paralisava. Era a perniciosa impressão de ter deixado de progredir na escrita. A impressão de não saber direito para onde ir. Eu precisava de um novo olhar sobre meu trabalho. Uma visão bondosa que, ao mesmo tempo, não fizesse concessões. No início do ano, inscrevi-me num curso de escrita criativa organizado por uma prestigiosa editora. Coloquei muita esperança nas aulas, mas logo me desencantei. O escritor que o conduzia – Bernard Dufy, um romancista que tivera seus minutos de fama nos anos 1990 – se apresentava como *um ourives do estilo*, segundo suas próprias palavras. "Todo o trabalho de escrita deve ser dedicado à *linguagem*, não à história", ele repetia o tempo todo. "A narrativa só existe para servir à *linguagem*. Um livro não pode ter outro objetivo além da busca da forma, do ritmo, da harmonia. Nisso reside a única originalidade possível, pois depois de Shakespeare todas as histórias já foram contadas."

Os mil euros que desembolsei para essas aulas de escrita – em três sessões de quatro horas – deixaram-me furioso e arruinado. Talvez Dufy tivesse razão, mas eu, pessoalmente, acreditava no exato oposto: o estilo não era um fim em si. A primeira qualidade de um escritor era saber cativar o leitor por meio de uma boa história. De uma narrativa capaz de arrancá-lo de sua vida e de projetá-lo no coração da intimidade e da verdade dos personagens. O estilo não passava de um meio para sustentar a narrativa e torná-la vibrante. No fundo, eu não tinha o menor interesse na opinião de um escritor acadêmico como Dufy. A única opinião que eu teria gostado de receber, a única que teria sido importante a meus olhos, seria a do meu ídolo: Nathan Fawles, meu escritor preferido.

Descobri seus livros no fim da adolescência, numa época em que Fawles havia largado a escrita fazia tempo. Ganhei *Os fulminados*, seu terceiro romance, de Diane Laborie, minha namorada no último ano do ensino médio, como presente de fim de namoro. O livro me marcou muito mais do que a perda daquele amor que não era de verdade. Emendei na leitura de seus dois primeiros romances: *Loreleï Strange* e *Uma pequena cidade americana*. Desde então, nunca mais li nada tão estimulante.

Com uma escrita singular, Fawles parecia se dirigir diretamente a mim. Seus romances eram fluidos, vivos, intensos. Eu, que não era fã de ninguém, li e reli seus livros porque eles falavam de mim, da relação com os outros, da dificuldade de viver a própria vida, da vulnerabilidade dos homens e da fragilidade de nossa existência. Eles me davam força e aumentavam minha vontade de escrever.

Nos anos que se seguiram à sua saída de cena, outros autores haviam tentado reproduzir seu estilo, aspirar seu universo, imitar sua maneira de construir um relato ou de simular sua sensibilidade. Para mim, porém, ninguém chegara nem perto. Havia um único Nathan Fawles. Gostando ou não de sua obra, era preciso reconhecer que Fawles era um autor singular. Bastaria percorrer uma página qualquer de um de seus livros para saber que ele o havia escrito. E, para mim, essa sempre foi a verdadeira marca do talento.

Eu também esmiucei seus romances para tentar desvendar seus segredos, depois tentei entrar em contato com ele. Embora sem esperança de obter uma resposta, escrevi-lhe várias vezes por intermédio de sua editora francesa e de seu agente nos Estados Unidos. Também lhe enviei meu manuscrito.

Então, há dez dias, na newsletter do site oficial da ilha Beaumont, descobri uma oferta de emprego. A pequena livraria da ilha, chamada A Rosa Escarlate, procurava um funcionário. Escrevi um e-mail diretamente ao livreiro e, no mesmo dia, Grégoire Audibert, o dono da livraria, ligou-me por FaceTime para dizer que a vaga era minha. O trabalho teria a duração de três meses. O salário não era grande coisa, mas Audibert me garantia casa e duas refeições por dia no Café-Forte, um dos restaurantes da praça central do vilarejo.

Fiquei feliz de conseguir aquele emprego, que, pelo que entendi do livreiro, me deixaria com tempo livre para escrever, num ambiente inspirador. E que, eu tinha certeza, me daria a oportunidade de conhecer Nathan Fawles.

3.

Uma manobra do *skipper* diminuiu a velocidade do veleiro.

– Terra à vista! – bradou o homem, apontando com o queixo para os contornos que se desenhavam no horizonte.

Situada a 45 minutos de barco da costa do Var, a ilha Beaumont tinha o formato de um croissant. Um arco de círculo de cerca de quinze quilômetros de comprimento por seis de largura. Era sempre descrita como uma joia bruta e preservada. Uma das pérolas do Mediterrâneo, onde abundavam enseadas de águas azul-turquesa, angras, pinheiros e praias de areia fina. Uma eterna Côte d'Azur, sem os turistas, a poluição e o concreto.

Nos últimos dez dias, eu tinha tido todo o tempo do mundo para consultar a documentação que encontrara sobre a ilha. Desde 1955, Beaumont pertencia a uma discreta família de industriais italianos, os Gallinari, que no início dos anos 1960 investira quantias astronômicas em seu desenvolvimento, fazendo grandes obras de canalização das águas e grandes aterros, criando *ex nihilo* uma das primeiras marinas da costa.

Com o passar dos anos, o desenvolvimento da ilha seguiu uma linha clara: nunca sacrificar o bem-estar de seus habitantes ao culto da modernização. Os insulares tinham uma ideia bem definida de onde vinham as ameaças: dos especuladores e dos turistas.

Para limitar as obras, o Conselho da ilha adotara uma regra simples, que consistia em fixar o número total de hidrômetros. Uma estratégia copiada de uma experiência da pequena cidade de Bolinas, na Califórnia. Como resultado, fazia trinta anos que a população girava em torno dos mil e quinhentos habitantes. Não havia imobiliárias em Beaumont: alguns imóveis passavam de família em família, outros eram obtidos por cooptação. O turismo, por sua vez, era contido graças a um controle atento das relações com o continente. Em plena temporada de férias, bem como no meio do inverno, uma única barca – a famosa *Temerária*, generosamente chamada de ferryboat – fazia três idas e vindas por dia, e nenhuma a mais, às 8 horas, às 12h30 e às 19 horas, saindo do porto de Beaumont rumo ao de Saint-Julien-les-Roses. Tudo sempre à moda antiga: sem reservas e com prioridade para os residentes.

Para ser mais exato, Beaumont não era hostil à vinda dos turistas, mas nada era pensado em função deles. A ilha contava, no todo, com três cafés, dois restaurantes e um bar. Não havia nenhum hotel, e os quartos para alugar nas casas dos moradores eram raros. No entanto, quanto mais as pessoas eram dissuadidas de visitá-la, mais a ilha se tornava envolta em mistério e despertava interesse. Além da população local que vivia em Beaumont o ano todo, alguns ricos residentes tinham ali suas casas de férias. Com o passar dos anos, alguns empresários e artistas haviam se entusiasmado com aquele ambiente sofisticado, bucólico e sereno. Um empresário de tecnologia e duas ou três figuras da indústria vitícola tinham conseguido comprar solares. Mas, qualquer que fosse seu grau de notoriedade ou riqueza, todos eram discretos. A comunidade não era renitente em incorporar novos membros, desde que estes aceitassem os valores que regiam a vida em Beaumont desde sempre. Os habitantes mais novos, aliás, eram os mais ferozes na defesa da ilha que haviam eleito para morar.

Esse retraimento suscitava muitas críticas – ou melhor, exasperava os excluídos. No início dos anos 1980, o governo socialista tentara comprar Beaumont de volta – para tombar o local, oficialmente, mas na verdade para acabar com o estatuto derrogatório da ilha. Seguira-se uma onda de protestos e a ideia fora abandonada. Desde então, o governo se resignava: Beaumont era uma ilha privada. Havia, a poucas amarras de distância da costa do departamento francês do Var, um pequeno paraíso banhado por águas cristalinas. Um pedaço da França que não era exatamente a França.

4.

Em terra firme, arrastei minha mala pelos paralelepípedos do cais. A marina não era muito grande, mas bem planejada, animada e cheia de charme. A pequena cidade se espalhava em torno da baía, como um anfiteatro: camadas de casas coloridas cintilavam sob o céu metálico. Seu brilho e sua disposição me lembraram da ilha grega de Hidra, visitada na adolescência com meus pais, mas logo depois, caminhando por suas ruelas estreitas e íngremes, senti-me na Itália dos anos 1960. Mais tarde, subindo um pouco as encostas, avistei as praias e as dunas brancas, e pensei nas grandes extensões arenosas de Massachusetts. Nesse primeiro contato com a ilha – enquanto as rodinhas da minha mala ressoavam nos paralelepípedos das artérias que levavam ao centro da cidade –, entendi que a singularidade e a magia de Beaumont se deviam justamente àquela combinação heterogênea. Beaumont era um lugar camaleão, único e inclassificável, que seria inútil tentar analisar ou explicar.

Não demorei a chegar à praça central. Com seu aspecto de vilarejo provençal, o lugar parecia saído de um romance de Giono. A Praça dos Mártires era o centro nevrálgico de Beaumont. Uma esplanada sombreada, delimitada pela torre do relógio, por um monumento aos mortos, um chafariz e uma cancha de bocha.

Sob um caramanchão, lado a lado, ficavam os dois restaurantes da ilha: O Anjo no Inverno e O Café-Forte.

No terraço deste último, reconheci Grégoire Audibert, que comia alcachofras à la *poivrade*. Ele parecia um professor das antigas: barbicha grisalha, colete, blazer comprido de linho cru.

O livreiro também me reconheceu e, como um grande senhor, me convidou para sua mesa e me ofereceu uma limonada, como se eu tivesse doze anos.

– Quero deixá-lo avisado: vou fechar a livraria no fim do ano – anunciou sem rodeios.

– Ah?

– É por isso que preciso de um ajudante: para me ajudar na arrumação, na contabilidade e no inventário final.

– Vai simplesmente fechar as portas?

Ele assentiu, molhando o pão com um resto de azeite de oliva.

– Mas por quê?

– A livraria se tornou inviável. O movimento diminuiu continuamente com o passar dos anos e as coisas não vão mudar. Enfim, você já ouviu essa história: o poder público permite a prosperidade tranquila dos gigantes da internet, que não pagam impostos na França.

O livreiro suspirou, tornou-se pensativo por alguns segundos e acrescentou, entre fatalista e provocativo:

– Além disso, sejamos realistas: por que se incomodar em frequentar uma livraria quando se tornou possível receber um livro na porta de casa com três cliques no iPhone?

– Por vários motivos! O senhor não tentou encontrar um comprador?

Audibert deu de ombros.

– Ninguém se interessa. Nos dias de hoje, o livro é a coisa menos rentável que existe. Minha livraria não é a primeira a fechar as portas e não será a última.

Ele esvaziou o resto da jarra de vinho da casa na taça e bebeu-o num só gole.

– Venha conhecer A Rosa Escarlate – ele disse, dobrando o guardanapo e se levantando.

Segui-o, atravessando a praça até a livraria. A vitrine, uma tristeza só, mostrava alguns livros que deviam estar tomando pó havia meses. Audibert abriu a porta e se afastou para me deixar passar.

O interior da loja era igualmente lamentável. Cortinas privavam o lugar de luminosidade. As estantes de nogueira tinham certo encanto, mas só abrigavam títulos clássicos, difíceis e um tanto esnobes. A cultura no que ela tinha de mais acadêmico. À medida que fui entendendo o personagem, imaginei Audibert tendo um ataque cardíaco ao ser obrigado a vender ficção científica, fantasia ou mangás.

– Venha ver seu quarto – ele disse, apontando para uma escada de madeira nos fundos da loja.

O livreiro morava no primeiro andar. Meu quarto ficava no segundo: um sótão em mansarda, estreito e comprido. Abri as janelas rangentes e tive a feliz surpresa de descobrir uma sacada voltada para a praça. A vista espetacular que chegava ao mar me deixou um pouco mais animado. Um labirinto de ruelas serpenteava por entre construções de pedra patinada antes de chegar à praia.

Guardei minhas coisas e desci à livraria para ver o que Audibert realmente esperava de mim.

– O wi-fi não funciona muito bem – ele avisou, ligando um velho PC. – Às vezes é preciso reiniciar o modem, que fica no primeiro andar.

Enquanto o computador ligava, o livreiro ligou um pequeno cooktop e encheu o reservatório de uma cafeteira italiana.

– Café?

– Com prazer.

Enquanto ele preparava duas xícaras, perambulei pela loja. Num painel de cortiça atrás do balcão estavam afixadas velhas matérias de capa da revista *Livres Hebdo*, da época em que Romain Gary ainda escrevia (sem exagero...). Senti vontade de escancarar as cortinas, de tirar os tapetes escuros e puídos, de reorganizar de alto a baixo as prateleiras e as mesas de apresentação das obras.

Como se lesse meus pensamentos, Audibert tomou a palavra:

– A Rosa Escarlate existe desde 1967. A livraria não parece grande coisa hoje, mas foi uma verdadeira referência no passado. Vários autores, franceses e estrangeiros, vieram autografar ou conversar sobre seus livros aqui.

Ele tirou de uma gaveta um livro dourado com encadernação de couro e me estendeu o volume para me incitar a folheá-lo. Nas fotos, reconheci Michel Tournier, J.M.G. Le Clézio, Françoise Sagan, Jean d'Ormesson, John Irving, John Le Carré e... Nathan Fawles.

– Vai mesmo fechar a livraria?

– Sem culpa – ele afirmou. – As pessoas não leem mais, é um fato.

Contemporizei:

– As pessoas talvez leiam de outra forma, mas ainda leem.

Audibert desligou o cooktop para interromper o assobio da cafeteira italiana.

– Enfim, você entende o que quero dizer. Não estou falando de um passatempo, estou falando da *verdadeira* literatura.

Claro, a famosa "verdadeira literatura"... Sempre chegava o momento, com pessoas como Audibert, em que essa expressão – ou "verdadeiro escritor" – voltava à cena. Eu nunca autorizara ninguém a me dizer o que eu deveria ler ou não. E aquela maneira de se erigir em juiz para decidir o que era e o que não era literatura me parecia de uma pretensão sem limites.

– Você conhece muitos leitores de verdade? – animou-se o livreiro. – Quero dizer: leitores inteligentes que dedicam um tempo significativo à leitura de livros sérios.

Sem esperar por uma resposta, ele seguiu se exaltando:

– Cá entre nós, quantos leitores de verdade restam na França? Dez mil? Cinco mil? Talvez menos.

– O senhor parece bastante pessimista.

– Não, não! É preciso reconhecer: estamos num deserto literário. Hoje, todo mundo quer ser escritor e ninguém mais lê.

Para encerrar aquela conversa, apontei para a fotografia de Fawles no álbum.

– Nathan Fawles. O senhor o conhece?

Audibert franziu o cenho com desconfiança.

– Um pouco. Enfim, se é que alguém pode conhecer Nathan Fawles...

Ele me serviu uma xícara de café com a cor e a viscosidade de um jato de tinta.

– Quando Fawles veio autografar seu livro aqui, em 1995 ou 1996, era a primeira vez que pisava na ilha. Ficou imediatamente apaixonado. Fui eu quem o ajudou a comprar sua casa, *Cruzeiro do Sul*. Mas depois disso nossa relação se tornou quase inexistente.

– Ele ainda vem à livraria de vez em quando?

– Não, nunca.

– Se eu o encontrar, o senhor acha que ele aceitaria me dar um autógrafo?

Audibert balançou a cabeça, suspirando:

– Aconselho-o a abandonar essa ideia: seria a melhor maneira de levar um tiro.

Entrevista de Nathan Fawles à agência France-Presse

AFP — 12 de junho de 1999 [trecho]

É verdade que aos 35 anos, no auge da fama, pretende dar um fim à carreira de escritor?
Sim, parei com tudo. Escrevo regularmente há dez anos. Faz dez anos que sento a bunda na cadeira todas as manhãs, os olhos fixos no teclado. Não quero mais essa vida.

Sua decisão é irrevogável?
Sim. A arte é longa, a vida é breve.

No ano passado, o senhor anunciou que estava trabalhando num novo romance, com o título provisório de *Um verão invencível*...
O projeto nunca passou de um esboço e acabou definitivamente abandonado.

Que mensagem deixaria a seus inúmeros leitores, que estão à espera de uma nova obra?
Que parem de esperar. Não escreverei mais nenhum livro. Que leiam outros autores. Tem de sobra.

Escrever é um trabalho difícil?
Sim, mas sem dúvida menos que vários outros. O complicado e fonte de angústia é o lado irracional da escrita: não é porque você escreveu três romances que saberá escrever o quarto. Não existem métodos, regras, caminhos prontos. Cada vez que começamos um novo romance, damos o mesmo salto no escuro.

Precisamente, o que o senhor sabe fazer além de escrever?
Parece que faço uma excelente vitela ao molho branco.

O senhor acredita que seus romances passarão à posteridade?
Espero que não.

Que papel a literatura pode desempenhar na sociedade contemporânea?
Nunca me fiz essa pergunta e não tenho a intenção de começar hoje.

O senhor também decidiu parar de dar entrevistas?
Já dei entrevistas demais... É um exercício antinatural que não faz muito sentido, além do promocional. Na maioria das vezes – para não dizer sempre –, nossas palavras são reproduzidas de maneira inexata, truncada, fora de contexto. Por mais que eu tente, não encontro nenhuma satisfação em "explicar" meus romances, e menos ainda em responder a perguntas sobre minhas preferências políticas ou sobre minha vida privada.

Conhecer a biografia dos escritores que admiramos permite compreender melhor seus escritos...
Como Margaret Atwood, penso que querer conhecer um escritor porque gostamos de seu livro é como querer conhecer um ganso porque gostamos de *foie gras*.

Mas não é legítimo sentir vontade de questionar um escritor sobre o sentido de seu trabalho?
Não, não é legítimo. A única relação válida com o escritor é ler o que ele escreve.

2
Aprender a escrever

*O ofício de escritor faz
o de jóquei parecer estável.*

John Steinbeck

Uma semana depois.
Terça-feira, 18 de setembro de 2018.

1.
Cabeça baixa, mãos crispadas segurando o guidom, eu dava as últimas pedaladas para chegar ao topo da extremidade leste da ilha. Suava loucamente. A bicicleta alugada parecia ter uma tonelada, e minha mochila pesava sobre meus ombros.

Eu não tinha demorado muito para me apaixonar por Beaumont. Fazia oito dias que vivia ali, aproveitando todos os momentos livres para percorrer a ilha em todos os sentidos e me familiarizar com sua topografia.

Agora, conhecia quase de cor a costa norte de Beaumont. Era onde ficavam o porto, a cidade principal e as praias mais bonitas. Cheia de falésias e rochedos, a costa sul era menos acessível, mais selvagem, mas não menos bela. Eu me aventurara até lá uma única vez, na península Santa Sofia, para ver o mosteiro de mesmo nome onde ainda viviam duas dezenas de monjas beneditinas.

O outro extremo, a Ponta do Açafrão, onde eu estava agora, não era alcançada pela Strada Principale, a via de cerca de quarenta quilômetros que contornava a ilha. Para chegar à Ponta, era preciso passar a última praia do norte – a Angra de Prata – e seguir uma pequena estrada de chão batido por dois quilômetros dentro de uma floresta de pinheiros.

Segundo as informações que eu conseguira colher ao longo da semana, a entrada da propriedade de Nathan Fawles ficava ao fim dessa trilha, que tinha o sonoro nome de Vereda Botânica. Quando ela terminou, deparei-me com um simples portão de alumínio num muro alto de pedra de xisto. Nenhuma caixa de correio ou menção ao proprietário. Teoricamente, a casa se chamava *Cruzeiro do Sul*, mas o nome não aparecia em lugar algum. Algumas placas recebiam calorosamente o visitante: *Propriedade privada, Entrada proibida, Cão feroz, Ambiente monitorado...* Não havia nenhuma campainha para ser tocada ou algo que pudesse anunciar minha presença de alguma maneira. A mensagem era clara: "Quem quer que você seja, não é bem-vindo".

Deixei a bicicleta para trás e comecei a contornar o muro da propriedade a pé. Em pouco tempo, a floresta se transformou num matagal de urzes, murtas e alfazemas. Ao fim de quinhentos metros, cheguei a uma falésia que mergulhava no mar.

Correndo o risco de me quebrar todo, deixei-me escorregar pelas pedras até encontrar um ponto de apoio. Avancei por uma escarpa que consegui transpor no ponto em que o paredão se tornava menos íngreme. Vencido o obstáculo, segui contornando a costa por uns cinquenta metros e, ao passar por um volume rochoso, finalmente o avistei: o refúgio de Nathan Fawles.

Construído na beira da falésia, o casarão parecia incrustado na rocha. Na grande tradição da arquitetura moderna, era um paralelepípedo estriado de placas de concreto armado. Três níveis se destacavam, com terraços em toda a volta interligados por uma escada de pedra que levava diretamente ao mar. A base da construção parecia fundida à falésia. Era pontuada por uma série de escotilhas, como num transatlântico. A porta alta e larga que a cortava deixava adivinhar que servia de hangar para barcos. Diante desse hangar, um píer de madeira avançava até a água, onde estava atracada uma lancha motorizada com casco de madeira brilhante.

Enquanto eu cuidadosamente seguia em frente pelos rochedos, pensei ver uma sombra se movendo no terraço intermediário. Seria o próprio Fawles? Fiz uma viseira com as mãos para tentar distinguir melhor a silhueta. Era um homem... que estava engatilhando uma espingarda.

2.

Mal tive tempo de me esconder atrás de uma rocha antes de ouvir um tiro espocando no ar. Quatro ou cinco metros às minhas costas, o impacto da bala projetou estilhaços pontiagudos que crepitaram em meus ouvidos. Fiquei parado por um longo minuto. Meu coração palpitava. Meu corpo inteiro tremia e um fio de suor escorria por minhas costas. Audibert dissera a verdade. Fawles estava completamente fora de si e praticava tiro ao alvo com os intrusos que se aventuravam em sua propriedade. Fiquei grudado ao chão; tinha parado até de respirar. Depois daquela primeira advertência, a voz da razão me disse para sair correndo sem olhar para trás. No entanto, decidi não recuar. Pelo contrário, levantei-me e continuei a avançar na direção da casa. Fawles havia descido ao andar inferior, estava sobre a plataforma acima dos rochedos. Um segundo tiro atingiu uma árvore que havia sido derrubada pelo vento. O tronco explodiu numa chuva de fagulhas secas que me arranharam o rosto. Fiquei apavorado. Obstinadamente, continuei pulando de rocha em rocha. Nathan Fawles, de quem eu amava todos os romances, não podia ser um assassino em potencial. Para me desiludir, um terceiro tiro criou uma nuvem de pó a cinquenta centímetros do meu All Star.

Logo me vi a poucos metros de Fawles.

– Dê o fora. Está numa propriedade particular! – ele gritou do alto do terraço.

– Não é motivo para sair atirando!

– Para mim, é!

Eu estava de frente para o sol. Borrado, o vulto de Fawles se destacava à contraluz. Altura mediana, corpo sólido, ele usava um chapéu panamá e óculos de sol com lentes azuladas. Continuava com a espingarda apontada para mim, pronto para atirar.

– O que veio fazer aqui?

– Vim vê-lo, sr. Fawles.

Tirei a mochila para pegar o manuscrito de *A timidez dos cimos*.

– Meu nome é Raphaël Bataille. Escrevi um romance. Gostaria que o lesse e desse sua opinião.

– Estou pouco me lixando para o seu romance. E nada o autoriza a vir me importunar em minha própria casa.

– Respeito-o demais para importuná-lo.

– Mas é o que está fazendo. Se realmente me respeitasse, teria respeitado meu direito de não ser incomodado.

Um cachorro magnífico – um golden retriever de pelo claro – juntara-se a Fawles no terraço e latia para mim.

– Por que continuou avançando enquanto eu atirava?

– Eu sabia que não me mataria.

– E por que não?

– Porque escreveu *Loreleï Strange* e *Os fulminados*.

Ainda ofuscado pela luz do sol, ouvi-o gargalhar.

– Se acha que os escritores têm as virtudes morais que atribuem a seus personagens, é realmente ingênuo. E até um pouco idiota.

– Ouça, eu queria apenas alguns conselhos. Para melhorar minha escrita.

– Conselhos? Mas nenhum conselho jamais fez um escritor melhorar! Se tivesse um pouco de inteligência, teria entendido isso sozinho.

– Dar um pouco de atenção aos outros nunca fez mal a ninguém.

– Ninguém pode *ensiná-lo* a escrever. É algo que precisa aprender sozinho.

Pensativo, Fawles baixou a arma para acariciar o cachorro e continuou:

– Bem, se queria um conselho, já o recebeu. Agora dê o fora.

– Posso deixar meu manuscrito? – perguntei, puxando a encadernação da mochila.

– Não, não vou ler. Sem chance.

– Caramba, você não é fácil!

– Aproveite mais um conselho: faça qualquer outra coisa da vida em vez de se tornar um escritor.

– É o que meus pais vivem me dizendo.

– Então, prova de que são menos idiotas do que você.

3.

Uma súbita rajada de vento trouxe uma onda até onde eu estava. Para evitá-la, escalei outro grupo de rochas, o que me aproximou ainda mais do escritor. Ele ainda segurava a espingarda com a coronha encostada abaixo do ombro. Uma Remington Wingmaster de ação deslizante, como nos filmes antigos, concebida para caça.

– Como é mesmo seu nome? – ele me perguntou depois que a onda passou.

– Raphaël, Raphaël Bataille.

– Está com quantos anos?

– Vinte e quatro.

– Desde quando quer escrever?

– Desde sempre. É a única coisa que me interessa.

Aproveitei que gozava de sua atenção e me lancei num monólogo para explicar o quanto, desde a infância, a leitura e a escrita tinham sido minhas tábuas de salvação para enfrentar a mediocridade e os absurdos do mundo. E como, graças aos livros, eu havia construído uma cidadela interna que...

– Os clichês vão continuar por muito tempo? – ele me interrompeu.

– Não são clichês – protestei, ofendido, guardando o manuscrito na mochila.

– Se eu tivesse sua idade hoje, teria outras ambições que não me tornar um escritor.

– Por quê?

– Porque a vida de escritor é a coisa menos glamorosa do mundo – suspirou Fawles. – É uma vida de zumbi, solitária e afastada dos outros. Você fica o dia inteiro de pijama forçando os olhos na frente de uma tela, comendo pizza fria e falando com personagens imaginários que acabam enlouquecendo você. Você passa as noites dando seu sangue e seu suor para esculpir uma frase que três quartos de seus poucos leitores nem mesmo notarão. Isso é ser escritor.

– Bem, não é só isso...

Fawles continuou, como se não tivesse me ouvido:

– E o pior é que você acaba se tornando dependente dessa vidinha de merda porque fica com a ilusão de ser um demiurgo, com sua caneta e seu teclado, e de poder consertar a realidade.

– É fácil para você dizer isso. Conseguiu tudo.

– Consegui tudo o quê?

– Milhões de leitores, fama, dinheiro, prêmios literários, mulheres.

– Francamente, se você escreve para ter dinheiro e mulheres, escolha outra coisa.

– Você entendeu o que eu quis dizer.

– Não entendi. E não sei por que estou discutindo com você.

– Vou deixar meu manuscrito com você.

Fawles protestou, mas não perdi tempo e joguei a mochila no terraço.

Surpreso, o escritor tentou se afastar para não ser atingido. Seu pé direito escorregou e ele caiu na pedra.

Ele conteve um grito, tentou se levantar na mesma hora e soltou um palavrão:

– Filho da puta. Meu tornozelo!

– Sinto muito. Vou ajudá-lo.

– Não se aproxime! Se quiser me ajudar, suma daqui e nunca mais apareça na minha frente!

Ele juntou a arma e apontou-a para mim. Dessa vez, não duvidei de sua capacidade de me fuzilar ali mesmo. Dei meia-volta e fugi, derrapando pelas rochas, usando as mãos sem muita dignidade para escapar da fúria do escritor.

À medida que me afastava, perguntava-me como Nathan Fawles podia defender aquele tipo de discurso desencantado. Eu tinha lido várias entrevistas suas anteriores a 1999. Antes de se retirar da cena literária, Fawles não se fazia de rogado para intervir nos meios de comunicação. Sempre desenvolvia ideias positivas e destacava seu amor pela leitura e pela escrita. O que teria causado tanta mudança?

Por que um homem no auge da glória abandonara tudo o que amava fazer, tudo o que constituía e alimentava sua vida, para se encerrar na solidão? O que acontecera na vida de Fawles para fazê-lo desistir de tudo? Uma grande depressão? Um luto? Uma doença? Ninguém jamais conseguira responder a essas perguntas. Algo me dizia que, se eu conseguisse desvendar o mistério Nathan Fawles, eu também conseguiria realizar meu sonho de publicar um livro.

De volta à floresta, subi na bicicleta e peguei a estrada para voltar à cidade. O dia havia sido frutífero. Fawles talvez não tivesse me dado a aula de escrita que eu esperava, mas havia feito mais do que isso: ele me dera um tema maravilhoso para um romance e a energia que eu precisava para começar a escrevê-lo.

3
As listas de compras dos escritores

> *Não pertenço à corja dos maus escritores que dizem escrever apenas para si mesmos. A única coisa que um autor escreve para si mesmo é a lista de compras, que pode ser descartada depois do pagamento. Todo o resto [...] são mensagens endereçadas a alguma pessoa.*
>
> Umberto Eco

Três semanas depois.
Segunda-feira, 8 de outubro de 2018.

1.
Nathan Fawles estava aflito.

Deitado numa poltrona, com o pé direito engessado pousado sobre um pufe acolchoado, sentia-se desemparado. Seu cachorro, Bronco – o único ser vivo que amava nesse mundo –, desaparecera havia dois dias. O golden retriever às vezes sumia por uma hora ou duas, no máximo. Não havia dúvida: algo acontecera. Um acidente, um ferimento, um sequestro.

Na noite anterior, Nathan telefonara a Jasper van Wyck, o agente nova-iorquino – seu principal laço com o mundo e o que mais se aproximava de um amigo –, para se aconselhar sobre o que fazer. Jasper se oferecera para telefonar aos comerciantes de Beaumont. Ele também pedira a um membro de sua equipe que fizesse um cartaz prometendo mil euros de recompensa a quem encontrasse o cachorro e o enviara a todos por e-mail. Restava apenas esperar e cruzar os dedos.

Nathan suspirou e olhou para o tornozelo engessado. Ele estava com vontade de beber um uísque, mas ainda não eram nem onze horas da manhã. Fazia vinte dias que vivia enclausurado por causa daquele imbecil chamado Raphaël Bataille. No início, ele havia pensado que a dor da torção, pequena, passaria com uma bolsa de gelo na articulação e alguns comprimidos de paracetamol. Mas quando acordou no dia seguinte entendeu que a coisa seria muito mais complicada. Além de o tornozelo continuar inchado, ele não conseguia dar um passo sem urrar de dor.

Ele resolvera ligar para Jean-Louis Sicard, o único médico de Beaumont. Um excêntrico que, havia trinta anos, visitava todos os cantos da ilha numa velha motocicleta. O diagnóstico de Sicard não fora bom. Os ligamentos do tornozelo tinham se rompido, a cápsula da articulação estava lesionada e um tendão também fora bastante prejudicado.

Sicard lhe prescrevera repouso absoluto. Colocara-lhe um gesso que chegava quase à altura do joelho e que, depois de três semanas, quase o enlouquecia.

Com suas muletas, Fawles andava em círculos como um leão numa jaula, tomando anticoagulantes para evitar complicações. Felizmente, em menos de 24 horas ele estaria livre. Naquela manhã, à primeira hora do dia, ele, que raramente usava o telefone, fizera uma ligação ao velho médico para confirmar se este não havia esquecido a consulta. Fawles tentara inclusive fazer Sicard antecipar a visita, mas sua tentativa malograra.

2.

A campainha do telefone fixo tirou Fawles de sua letargia. O escritor não tinha nem celular, nem e-mail, nem computador. Apenas um velho telefone de baquelite aparafusado a uma viga de madeira que separava a sala e a cozinha. Fawles só utilizava o aparelho para fazer ligações: nunca atendia suas chamadas e sempre deixava a secretária eletrônica do primeiro andar responder. Naquele dia, porém, o desaparecimento do cachorro o fez se desviar de seus hábitos. Ele se levantou e, apoiado nas muletas, se arrastou até o aparelho.

Era Jasper van Wyck.

– Tenho uma notícia excelente, Nathan: Bronco foi encontrado!

Fawles sentiu um alívio profundo.

– Ele está bem?

– Muito bem – garantiu o agente.

– Onde foi encontrado?

– Uma jovem o viu na estrada ao lado da península Santa Sofia e o levou para o Ed's Corner.

– Você pediu a Ed que trouxesse Bronco para cá?

– A garota insiste em trazê-lo pessoalmente.

Nathan farejou uma cilada se armando a seu redor. A península ficava no outro extremo de Beaumont, do lado oposto à Ponta do Açafrão. E se aquela mulher tivesse sequestrado seu cachorro para poder se aproximar dele? No início dos anos 1980, uma jornalista, Betty Eppes, havia enganado Salinger mentindo sobre a própria identidade e transformando uma conversa banal numa entrevista aos jornais norte-americanos.

– Quem é essa jovem, exatamente?

– Mathilde Monney. Suíça, acredito, de férias na ilha. Está no bed & breakfast perto do mosteiro das beneditinas. É jornalista do *Le Temps*, em Genebra.

Fawles suspirou. Não podia ser uma florista, uma açougueira, uma enfermeira, uma pilota de avião... Tinha que ser uma *jornalista*.

– Ah, Jasper, acho que não.

Ele fechou o punho e bateu na viga de madeira. Ele precisava do cachorro, e Bronco precisava dele, porém Fawles não podia pegar o carro para ir buscá-lo. Mas nem por isso ele precisava cair numa armadilha. Jornalista do *Le Temps*... Ele lembrava de um correspondente desse jornal que o entrevistara uma vez em Nova York. Um sujeito que fingia cumplicidade, mas que nem mencionara seu romance. Aqueles talvez fossem os piores: os jornalistas que faziam uma boa crítica do livro sem terem entendido nada.

– Talvez seja apenas uma coincidência que ela seja jornalista – sugeriu Jasper.

– Uma coincidência? Enlouqueceu ou está zombando da minha cara?

– Não se irrite, Nathan. Receba a moça no *Cruzeiro do Sul*, recupere o cachorro e coloque-a no olho da rua.

Com o telefone numa mão, Fawles massageou as pálpebras para se dar mais uns segundos de reflexão. Ele se sentia vulnerável com o tornozelo engessado e detestava aquela sensação de estar vivendo uma situação fora de seu controle.

– Está bem – ele cedeu. – Pode confirmar com essa Mathilde Monney. Diga que venha no início da tarde. E passe as instruções para chegar aqui.

3.

Meio-dia. Depois de vinte minutos de argumentação, consegui vender um exemplar do mangá *Um bairro distante*, obra-prima de Taniguchi, e estava com um sorriso nos lábios. Em menos de um mês, eu tinha conseguido transformar a livraria. Não provocara uma metamorfose, mas uma série de mudanças significativas: um espaço mais luminoso e arejado, uma recepção mais sorridente e menos ríspida. Eu tinha até conseguido arrancar de Audibert permissão para encomendar algumas obras que incitassem mais à fuga do que à reflexão. Pequenos sinais que iam todos no mesmo sentido: a cultura *também* podia ser um prazer.

Eu precisava reconhecer que o livreiro tinha o mérito de me deixar o campo livre. Ele me garantia a mais santa paz e não vinha muito à loja, só saía do apartamento do primeiro andar para beber algo na praça. Mergulhando na contabilidade, percebi que ele havia exagerado muito o quadro que pintara das coisas. A situação da livraria estava longe de ser catastrófica. Audibert era proprietário do prédio e, como vários comerciantes de Beaumont, recebia uma generosa subvenção da Gallinari S.A., proprietária da ilha. Com um pouco de boa vontade e outro tanto de dinamismo, seria possível devolver à livraria todo o seu esplendor, e quem sabe, eu sonhava, seus autores.

– Raphaël?

Peter McFarlane, o dono da padaria da praça, acabara de colocar a cabeça para dentro da livraria. Era um escocês simpático que, 25 anos antes, havia trocado uma ilha por outra. Sua padaria era famosa pela *pissaladière* e pelas *fougassettes*. Tinha o nome de Bread Pit, em respeito a uma tradição local um pouco ridícula e a mil léguas de distância do requinte de Beaumont, mas à qual as pessoas pareciam muito apegadas: dar aos estabelecimentos comerciais um nome baseado em jogos de palavras. Somente alguns estraga-prazeres como Ed tinham se recusado ao exercício.

– Você vem para o aperitivo? – perguntou Peter.

Todos os dias, alguém me convidava para a cerimônia do aperitivo. Ao meio-dia, as pessoas se sentavam nos terraços da praça para degustar um *pastis* ou uma taça de Terra dei Pini, o vinho branco que fazia o orgulho da ilha. No início, achei tudo muito pitoresco, mas logo me afeiçoei ao costume. Todo mundo conhecia todo mundo em Beaumont. Onde quer que se fosse, encontrava-se sempre um rosto familiar para trocar algumas palavras. As pessoas se davam tempo de viver e conversar, e para mim, que sempre havia morado na cinzenta, agressiva e poluída região parisiense, aquilo era uma novidade.

Sentei com Peter no terraço do As Flores do Malte. Com ar despreocupado, examinei os rostos a meu redor em busca de uma jovem loira. Uma cliente da livraria com quem cruzara na véspera. Ela se chamava Mathilde Monney. Estava de férias em Beaumont, onde alugava um quarto numa casa perto do mosteiro das beneditinas. Ela havia comprado os três romances de Nathan Fawles, que no entanto afirmava já ter lido. Inteligente, engraçada, luminosa. Tínhamos conversado por vinte minutos e eu ainda não me recuperara. A vontade de voltar a vê-la não me saía da cabeça.

A única coisa ruim das últimas semanas era que eu havia escrito muito pouco. Meu projeto sobre o mistério Nathan Fawles – que chamei de *A vida secreta dos escritores* – não avançava. Faltava sustância ao material e meu objeto me escapava. Eu havia enviado vários e-mails a Jasper van Wyck, o agente de Fawles, que obviamente não me respondera; eu havia interrogado os moradores da ilha, mas ninguém me dissera nada que eu já não soubesse.

– Que história maluca é essa? – perguntou Audibert se juntando a nós, uma taça de rosé na mão.

O livreiro parecia preocupado. Havia dez minutos que um estranho rumor se espalhava pela praça, para a qual convergiam cada vez mais pessoas. O rumor mencionava a descoberta de um cadáver por dois turistas holandeses em Tristana Beach, a única praia no lado sudoeste da ilha. O lugar era magnífico, mas perigoso. Em 1990, dois adolescentes haviam morrido ao brincar perto das falésias. O acidente traumatizara os habitantes da ilha. Atrás dos pequenos grupos em discussão acalorada, vi Ange Agostini, um dos policiais municipais, saindo da praça. Instintivamente, segui-o pelas ruelas e alcancei-o no momento em que ele chegava ao seu triciclo, estacionado perto do porto.

– Está indo para Tristana Beach, não é mesmo? Posso acompanhá-lo?

Agostini se virou, um pouco surpreso de me ver. Era um sujeito alto e careca. Um corso simpático, grande leitor de romances policiais e fã dos irmãos Coen, a quem eu havia apresentado meus Simenon preferidos: *Os suicidas*, *O homem que via o trem passar*, *O quarto azul*...

– Suba, se quiser – respondeu o corso, dando de ombros.

A trinta ou quarenta quilômetros por hora, o triciclo Piaggio se arrastava pela Strada Principale. Agostini parecia inquieto. As mensagens que recebera no celular eram alarmistas e levavam a pensar que se tratava de um assassinato, e não de um acidente.

– É impossível – ele murmurou. – Não pode ter havido um assassinato em Beaumont.

Entendi o que ele queria dizer. Não havia criminalidade em Beaumont. Quase nenhuma agressão e pouquíssimos roubos. A sensação de segurança era tamanha que as pessoas deixavam as chaves na porta de casa ou os carrinhos de bebê do lado de fora das lojas. A polícia local contava com quatro ou cinco efetivos, e o grosso do trabalho consistia em dialogar com a população, fazer rondas e verificar os alarmes que disparavam.

4.

A estrada seguia os contornos sinuosos da costa. O triciclo levou uns bons vinte minutos para chegar a Tristana Beach. Na volta de uma curva, às vezes mais adivinhávamos do que víamos os grandes casarões brancos escondidos atrás dos hectares de pinheirais.

De repente, a paisagem mudou radicalmente e deu lugar a uma planície desértica acima de uma praia de areia preta. Naquele lugar, Beaumont se parecia mais com a Islândia do que com Porquerolles.

– Mas que confusão é aquela?

Com o pé no acelerador – na descida e em linha reta, o triciclo devia chegar a 45 quilômetros por hora –, Ange Agostini se referia à dezena de carros que obstruía a estrada. Quando nos aproximamos, a situação se tornou mais clara. A zona fora totalmente bloqueada por policiais vindos do continente. Agostini estacionou no acostamento e contornou o perímetro delimitado por faixas de plástico. Não entendi nada. Como tantos homens – membros da Polícia Judiciária de Toulon, visivelmente, e um veículo da Perícia – podiam ter chegado tão rápido àquela parte hostil da costa? De onde tinham saído aquelas três viaturas oficiais? Por que ninguém vira nada no porto?

Misturei-me aos curiosos e fiquei atento a todas as conversas. Pouco a pouco, consegui reconstituir o cenário da cena matinal. Por volta das oito horas da manhã, um casal de estudantes holandeses que acampava ao ar livre havia descoberto o cadáver de uma mulher. Na mesma hora, eles entraram em contato com a delegacia de Toulon, que fora autorizada a utilizar o aerobarco da alfândega para enviar à ilha um grupo de policiais e três viaturas. Para mais discrição, os policiais tinham desembarcado diretamente na Pedra de Saragota, a dez quilômetros dali.

Encontrei Agostini um pouco mais adiante, sobre um pequeno montículo de terra na beira da estrada. Ele parecia ao mesmo tempo transtornado e humilhado por não poder chegar à cena do crime.

– Já identificaram a vítima? – perguntei.

– Ainda não, mas não parece ser alguém da ilha.

– Por que a polícia veio tão rápido e com tantos efetivos? Por que ninguém foi avisado?

O corso olhou para o celular com ar ausente.

– Por causa da natureza do crime. E das fotografias que os jovens enviaram.

– Os holandeses tiraram fotos?

Agostini assentiu.

– Elas circularam por alguns minutos no Twitter, mas foram retiradas. Tenho algumas capturas de tela.

– Posso ver?

– Francamente, não aconselho, são fortes para um livreiro.

– Bobagem! Eu poderia vê-las no meu próprio Twitter.

– Como quiser.

Ele me passou o telefone e o que vi fez meu coração parar. Era o cadáver de uma mulher. Não consegui dizer sua idade, pois seu rosto parecia deformado pelos ferimentos. Tentei engolir em seco, mas minha garganta ficou trancada diante daquela cena horrível. O corpo, nu, estava como que pregado ao tronco de um eucalipto gigantesco. Dei um zoom na tela. Não eram pregos que a prendiam ao tronco, eram goivas ou ferramentas para esculpir pedras que perfuravam seus ossos e sua pele.

5.

Ao volante de sua picape conversível, Mathilde Monney atravessava o bosque que se estendia até a Ponta do Açafrão. Na traseira, Bronco olhava para a paisagem latindo. O dia estava bonito. O cheiro da brisa marinha se misturava ao dos eucaliptos e ao da hortelã-pimenta. Os reflexos dourados do sol outonal abriam caminho pelas folhas dos pinheiros e das azinheiras.

Chegando ao muro em pedra de xisto, Mathilde desceu do carro e seguiu as instruções que Jasper van Wyck lhe passara. Perto do portão de alumínio, atrás de uma pedra mais escura que as outras, havia um interfone camuflado. Mathilde apertou o botão. Após um estalido, o portão se abriu.

Ela entrou num grande jardim selvagem. Uma estrada de chão batido passava por entre as árvores. Sequoias, medronheiros e loureiros adensavam a vegetação. O caminho girava em torno de uma encosta íngreme e o mar apareceu de repente, junto com a casa de Fawles: uma construção de formas geométricas, em pedra clara, vidro e concreto.

Assim que ela estacionou a picape ao lado do provável carro do escritor – um Mini Moke com pintura de camuflagem e um painel de madeira laqueada –, o golden retriever pulou para fora e correu na direção do dono, que o esperava à frente da casa.

Apoiado numa muleta, o escritor pareceu feliz de reencontrar o companheiro. Mathilde avançou. Ela havia imaginado um encontro com uma espécie de homem das cavernas: um velho esquivo e ríspido vestido em andrajos, com os cabelos compridos e uma barba de vinte centímetros. Mas o homem que estava à sua frente estava recém-barbeado. Usava os cabelos curtos, uma camisa polo de linho azul-claro que combinava com seus olhos e uma calça de sarja.

– Mathilde Monney – ela se apresentou, estendendo-lhe a mão.

– Obrigado por me trazer Bronco.

Ela acariciou a cabeça do cachorro.

– Dá gosto de ver o reencontro de vocês.

Mathilde apontou para a muleta e para o tornozelo engessado.

– Espero que não seja nada grave.

Fawles sacudiu a cabeça.

– Amanhã não passará de uma lembrança ruim.

Ela hesitou, depois disse:

– O senhor talvez não se lembre, mas já fomos apresentados.

Desconfiado, ele deu um passo para trás.

– Creio que não.

– Sim, há muito tempo.

– Em que ocasião?

– Tente adivinhar.

6.

Fawles sabia que, mais tarde, diria para si mesmo que naquele exato momento deveria ter acabado com aquilo. Que deveria simplesmente ter dito o que havia combinado com Van Wyck, "obrigado e até logo", e voltado para dentro de casa. Em vez de fazer isso, ele se calou. Ficou parado à porta, quase hipnotizado por Mathilde Monney. Ela usava um vestido curto de jacquard, uma jaqueta de couro e sandálias de salto alto com tiras finas e uma presilha no tornozelo.

Ele não reencenou o início de *A educação sentimental* – "Foi como uma aparição" –, mas se deixou excitar por aquele quê de sensível, enérgico e solar que emanava da jovem mulher.

Era uma excitação controlada, uma pequena embriaguez que ele se permitia, uma pequena chuva dourada de luz quente sobre um campo de trigo. Em momento algum ele duvidou poder controlar o curso dos acontecimentos, ou poder dar um fim àquele encantamento num piscar de olhos e quando bem entendesse.

– O cartaz prometia uma recompensa de mil euros, mas acho que me contento com um chá gelado – sorriu Mathilde.

Evitando os olhos verdes de sua interlocutora, Fawles explicou que, como não podia caminhar, não fazia compras havia algum tempo, e que sua cozinha estava vazia.

– Um copo d'água e não se fala mais nisso – ela insistiu. – Está quente.

Em geral, ele tinha um instinto bastante hábil em julgar as pessoas. Sua primeira impressão costumava ser a certa. Naquele momento, no entanto, ele estava um pouco perdido, invadido por sensações contraditórias. Um alarme soava em sua cabeça para colocá-lo de sobreaviso em relação a Mathilde. Mas como resistir à promessa impalpável e enigmática que ela parecia carregar? Um halo difuso, como num sol de outubro.

– Entre – ele acabou dizendo.

7.

Azul a perder de vista.

Mathilde ficou surpresa com a luz que reinava dentro da casa. A porta de entrada dava diretamente para a sala de estar, que se prolongava à sala de jantar e à cozinha. As três peças eram dotadas de imensas aberturas envidraçadas para o mar, dando a impressão de flutuar sobre as ondas. Enquanto Fawles passava à cozinha para servir dois copos de água, Mathilde se entregou à magia do lugar. Ela se sentiu bem ali, embalada pelo barulho do mar. As portas de correr embutidas aboliam os espaços entre o interior e o terraço, criando uma suave desorientação, a ponto de ela não saber se estava dentro ou fora. No centro da sala, uma lareira suspensa atraía os olhares, enquanto uma escadaria aberta de concreto polido subia para o andar superior.

Mathilde havia imaginado aquele lugar como uma toca escura, e de novo se enganara completamente. Fawles não viera se enterrar na ilha Beaumont, pelo contrário. Ele viera ficar frente a frente com o céu, o mar e o vento.

– Posso dar uma olhada no terraço? – ela perguntou quando Fawles lhe estendeu um copo.

O escritor não respondeu, contentou-se em acompanhar a convidada até as pedras de xisto que davam a impressão de avançar no vazio. Aproximando-se da beira, Mathilde sentiu uma vertigem. Daquela altura, ela entendia melhor a arquitetura da casa. Encostada na falésia, ela se elevava em três andares, o terraço onde estava ficava no nível intermediário. As lajes de concreto estavam construídas em cantiléver, cada uma fazendo as vezes de base e de teto. Mathilde se debruçou para olhar a escadaria de pedra que levava ao terraço do andar inferior. Diante dela, um pequeno píer permitia chegar diretamente ao mar e servia de atracadouro para uma magnífica lancha Riva Aquarama, de casco de madeira envernizada e cromados que brilhavam ao sol.

– Sinto-me no convés de um barco.

– Sim, um barco que não sai do lugar e permanece no cais – acrescentou Fawles.

Por alguns minutos, eles falaram de tudo e de nada. Depois, Fawles a acompanhou de volta ao interior da casa, e Mathilde, que caminhava como se estivesse num museu, aproximou-se de uma prateleira onde havia uma máquina de escrever.

– Pensei que não escrevesse mais – ela disse, apontando para o objeto com o queixo.

Fawles acariciou as curvas da máquina – uma bela Olivetti verde de baquelite.

– Está aqui só para decoração. E não tem tinta, aliás – ele disse, pressionando uma tecla. – Os computadores já existiam na minha época.

– Então não foi nela que escreveu seus...

– Não.

Ela o desafiou com o olhar.

– Tenho certeza de que ainda escreve.

– Está enganada. Nunca mais escrevi uma linha, nem mesmo uma anotação em livro ou uma lista de compras.

– Não acredito. Ninguém para da noite para o dia de fazer uma atividade que estruturava toda a sua vida e que...

Cansado, Fawles a interrompeu:

– Por um momento, pensei que você fosse diferente dos outros e que não falaria disso, mas me enganei. Está fazendo uma reportagem, não é mesmo? É mais uma jornalista que veio aqui para escrever um artigo sobre "o mistério Nathan Fawles"?

– Não, juro que não.

O escritor apontou para a porta.

– Agora vá. Não posso impedir as pessoas de inventar coisas, mas o mistério Fawles é justamente não haver mistério algum, entendeu? Isso você pode escrever em seu jornal.

Mathilde não saiu do lugar. Fawles não havia mudado tanto assim desde que ela o conhecera. Estava igual ao que ela lembrava: atencioso, acessível, mas direto. Ela se deu conta de que não havia pensado nessa possibilidade: que Fawles *continuasse sendo* Fawles.

– Cá entre nós, não sente falta?

– De passar dez horas por dia na frente de uma tela? Não. Prefiro passá-las na floresta ou na praia, passeando com meu cachorro.

– Ainda não consigo acreditar.

Fawles balançou a cabeça, suspirando.

– Pare de colocar sentimentalismo nas coisas. Eram apenas livros.

– *Apenas* livros? Acha mesmo isso?

– Sim, e cá entre nós, livros amplamente superestimados, ainda por cima.

Mathilde continuou com as perguntas:

– E agora, o que faz durante o dia?

– Medito, bebo, cozinho, bebo, nado, bebo, faço longas caminhadas...

– Lê?

– Alguns romances policiais, às vezes, e livros de história da arte ou de astronomia. Releio alguns clássicos, mas nada disso tem importância.

– Por que não?

– O planeta se tornou uma fornalha, várias regiões do mundo estão em guerra, as pessoas votam em loucos e são estupidificadas pelas redes sociais. Tudo desanda, então...

– Não vejo a relação.

– Então creio que há coisas mais importantes do que saber por que, há vinte anos, Nathan Fawles parou de escrever.

– Os leitores continuam lendo seus livros.

– O que posso fazer, impedi-los? Além disso, você sabe muito bem que todo sucesso se baseia num mal-entendido. Duras é quem dizia isso, não? Ou Malraux, talvez. Acima dos 30 mil exemplares, é um mal-entendido...

– Recebe cartas de seus leitores?

– Parece que sim. Meu agente diz receber muita coisa endereçada a mim.

– Você lê essas cartas?

— Está zombando de mim?

— Por quê?

— Porque não me interessa. Enquanto leitor, nunca me ocorreria escrever a um autor que admiro. Francamente, você se imagina escrevendo a James Joyce porque gostou de *Finnegans Wake*?

— Não. Em primeiro lugar porque nunca consegui passar da página dez desse livro, depois porque James Joyce deve ter morrido quarenta anos antes de eu nascer.

Fawles balançou a cabeça.

— Bem, obrigado por me trazer o cachorro, mas agora seria melhor que fosse embora.

— Sim, também acho.

Ele saiu com ela e a acompanhou até o carro. Ela se despediu do cachorro, mas não de Fawles. Ele esperou que ela manobrasse o carro, hipnotizado pela graça de seus gestos e satisfeito por se livrar de sua presença. Quando ela estava prestes a acelerar, no entanto, ele aproveitou a janela aberta do carro para tentar apagar o pequeno alarme que ainda soava em sua cabeça:

— Você me disse que já fomos apresentados, há muito tempo. Onde?

Ela fixou os olhos verdes nos dele.

— Na primavera de 1998, em Paris. Eu tinha catorze anos. Você participou de um encontro com os pacientes da Casa do Adolescente. Autografou o meu exemplar de *Loreleï Strange*. Uma edição original, em inglês.

Fawles ficou sem reação, como se aquilo não lhe dissesse nada, ou despertasse apenas uma lembrança muito remota.

– Eu tinha lido *Loreleï Strange* – continuou Mathilde. – O livro me ajudou muito na época. Nunca tive a impressão de que fosse um livro superestimado, nem que aquilo que entendi da leitura fosse algum mal-entendido.

Toulon, 8 de outubro de 2018.

DIVISÃO DE "AÇÃO DO ESTADO NO MAR"

DECRETO MUNICIPAL N. 287/2018
Sobre a criação de uma zona temporária de proibição à navegação e às atividades náuticas na direção e em torno da ilha Beaumont (Var).

O vice-almirante de esquadra Édouard Lefébure
prefeito marítimo do Mediterrâneo

DADO   os artigos 131-13-1º e R 610-5 do Código Penal,
DADO   o Código de Trânsito, e especialmente seus artigos L5242-1 e L5242-2,
DADO   o decreto nº 2007-1167 de 2 de agosto de 2007 modificado, relativo à carteira de habilitação e à formação na condução de barcos de lazer com motor,
DADO   o decreto nº 2004-112 de 6 de fevereiro de 2004 relativo à organização da ação do Estado no mar.

CONSIDERANDO	a abertura de um inquérito criminal após a descoberta de um cadáver na ilha Beaumont, na localização de Tristana Beach,
CONSIDERANDO	a necessidade de conceder às forças de segurança tempo de investigação na ilha,
CONSIDERANDO	a necessidade de preservar os elementos probatórios, permitindo assim a busca da verdade.

DECRETA

Artigo 1: Cria-se, ao largo do departamento do Var, uma zona de interdição para a circulação e a prática de todas as atividades náuticas num raio de 500 metros em torno e a partir das costas da ilha Beaumont, inclusive atividades de transporte de pessoas provenientes da ilha ou a caminho dela, a contar da publicação do presente decreto.

Artigo 2: As disposições do presente decreto não se opõem aos navios e máquinas náuticas que operem no âmbito de missões de serviço público.

Artigo 3: Toda infração ao presente decreto, bem como às decisões tomadas para sua aplicação, sujeita seu autor às penas e sanções administrativas previstas pelos artigos L5242-1 a L5242-6-1 do Código de Trânsito e do artigo R610-5 do Código Penal.

Artigo 4: O diretor departamental dos territórios e do mar do departamento do Var, os oficiais e agentes habilitados em matéria de polícia de navegação estão encarregados, cada um no que lhe concerne, da execução do presente decreto, que será publicado no diário oficial da prefeitura marítima do Mediterrâneo.

O prefeito marítimo do Mediterrâneo,
Édouard Lefébure

4
Entrevistar um escritor

> *1) O entrevistador faz perguntas interessantes para ele mesmo, desinteressantes para você.*
> *2) De suas respostas, ele só utiliza as que lhe convêm.*
> *3) Ele as traduz para seu próprio vocabulário, para sua maneira de pensar.*
>
> Milan Kundera

Terça-feira, 9 de outubro de 2018.

1.

Desde que me mudei para Beaumont, adquiri o hábito de sair da cama com o nascer do sol. Depois de uma ducha rápida, eu ia ao encontro de Audibert, que tomava o café da manhã na praça do vilarejo, no terraço do Café-Forte ou do As Flores do Malte. O livreiro tinha uma personalidade instável. Ora taciturno e fechado, ora extrovertido e conversador. Mas acho que gostava de mim. Pelo menos o suficiente para me convidar à sua mesa todas as manhãs e para me oferecer um chá e torradas com geleia de figo. Vendidas aos turistas a preço de caviar, as Geleias Vovó Françoise, as mais orgânicas, feitas em tachos e cheias de nove-horas, eram um dos tesouros da ilha.

– Bom dia, sr. Audibert.

O livreiro ergueu os olhos do jornal e me cumprimentou com um grunhido preocupado. Desde a véspera, uma agitação febril sacudia os insulares. A descoberta do corpo de mulher pregado ao mais antigo eucalipto da ilha deixara a população em choque. Fiquei sabendo que aquela árvore, apelidada de A Imortal, se tornara com o passar dos anos o símbolo da unidade da ilha. A encenação não podia ser fruto do acaso, portanto, e as circunstâncias da morte deixavam todos estupefatos. Mas o que aumentara a consternação da população fora a decisão do prefeito marítimo de instaurar um bloqueio à ilha para facilitar as investigações. A balsa fora retida no porto de Saint-Julien--les-Roses, e a guarda costeira recebera ordens de patrulhar e interceptar os barcos particulares que tentassem efetuar a travessia num sentido ou no outro. Concretamente, ninguém podia deixar a ilha e ninguém podia entrar nela. A medida imposta pelo continente havia irritado todos os beaumonteses, que não aceitavam perder o controle de seu destino coletivo.

– Esse crime foi um golpe terrível à ilha – exasperou-se Audibert, fechando seu exemplar do *Var-Matin*.

Era a edição noturna da véspera, que chegara com o último ferryboat autorizado. Sentei-me e passei os olhos pela capa e pela manchete "A ilha negra". Uma discreta alusão a uma aventura de Tintim.

– Vamos ver o que a investigação consegue descobrir.

– O que quer que ela descubra? – exclamou o livreiro. – Uma mulher foi torturada até a morte antes de ser pregada à Imortal. Um louco está à solta na ilha!

Fiz uma careta, mas pensei comigo mesmo que Audibert não estava totalmente errado. Devorei minha torrada percorrendo o artigo do jornal sem descobrir grande coisa, depois peguei o celular para buscar informações mais recentes.

Eu havia descoberto, na véspera, o Twitter de um certo Laurent Lafaury, jornalista da região parisiense que estava em Beaumont para visitar a mãe. O sujeito não era grande coisa. Havia feito algumas matérias para os sites do *L'Obs* e da *Marianne* antes de se tornar *community manager* de um grupo de emissoras de rádio. O histórico de sua conta era um exemplo perfeito daquilo que o pseudojornalismo 2.0 podia produzir de pior: matérias indecentes, manchetes sensacionalistas, brigas, proclamações do fim dos tempos, piadas de mau gosto, retweets sistemáticos de vídeos ansiogênicos e de tudo que pudesse puxar a inteligência para baixo, despertar os piores instintos, alimentar os medos e as fantasias. O bom e velho propagador de fake news e de histórias que flertavam com a teoria da conspiração, sempre muito bem protegido atrás de sua tela.

Com o bloqueio, Lafaury tinha agora o privilégio de ser o único "jornalista" presente na ilha. E fazia algumas horas que ele tirava proveito da situação: havia participado ao vivo do jornal da France 2 na televisão e sua fotografia aparecera em todos os canais de notícias.

– É um filho da puta!

Quando o perfil do jornalista apareceu na tela do meu celular, Audibert começou a enchê-lo de injúrias. Na noite anterior, no jornal das oito, Lafaury havia insinuado que os moradores da ilha escondiam segredos vergonhosos por trás dos "paredões de suas casas luxuosas" e que a lei do silêncio nunca seria rompida ali porque os Gallinari, verdadeiros Don Corleone, reinavam por meio do medo e do dinheiro. Se continuasse assim, Laurent Lafaury não tardaria a se tornar persona non grata em Beaumont. A midiatização da ilha, naquele contexto tão sinistro, era engolida com dificuldade pelos residentes, que há muitos anos tinham a busca por discrição inscrita em seus genes. No Twitter, o sujeito piorava ainda mais as coisas, publicando informações confidenciais – aparentemente confiáveis – repassadas a ele por policiais ou por agentes da lei. Eu era contra esse tipo de jornalismo, que, alegando divulgar notícias, prejudicava o caráter confidencial das investigações, mas também estava suficientemente curioso para colocar minha indignação momentaneamente de lado.

O último tweet de Lafaury fora publicado havia menos de meia hora. Era um link para o seu blog. Cliquei e cheguei a um artigo que fazia uma síntese das últimas descobertas da investigação. Segundo o jornalista, a vítima ainda não fora identificada. Falso ou não, o texto acabava com um furo explosivo: quando fora pregado ao tronco do gigantesco eucalipto, o corpo estava congelado! Portanto, não era impossível que sua morte datasse de várias semanas.

Precisei ler essa frase mais de uma vez para ver se havia entendido bem. Audibert, que se levantara para ler o artigo por cima de meu ombro, se deixou cair na cadeira, assombrado.

Enquanto os moradores de Beaumont acordavam, a ilha parecia entrar em outra realidade.

2.

Nathan Fawles acordou de bom humor, o que não acontecia havia muito tempo. Tinha dormido tarde e tomou o café da manhã com calma. Ficou uma boa hora no terraço, fumando e ouvindo velhos vinis de Glenn Gould. Na quinta música, perguntou-se quase em voz alta de onde vinha aquela alegria. Ele demorou um pouco para admitir que a única coisa que podia explicar seu estado de espírito era a lembrança de Mathilde Monney. Sua presença ainda pairava um pouco no ar. Um brilho, uma luz poética, um toque de perfume. Algo fugaz e inapreensível que logo se evaporaria, mas que ele queria saborear até a última gota.

Por volta das onze horas, seu humor começou a mudar. À leveza do despertar seguiu-se a consciência de que ele provavelmente nunca mais veria Mathilde. A consciência de que, não importava o que ele mesmo dissesse, às vezes a solidão era um peso. Depois, ao meio-dia, ele decidiu parar com aquelas infantilidades, aqueles impulsos adolescentes, e parabenizou-se por manter-se afastado daquela mulher. Ele não podia ceder. Não tinha esse direito. No entanto, autorizou-se a repassar mentalmente o encontro da véspera. Um ponto o havia intrigado. Um detalhe significativo que ele deveria verificar.

Ele ligou para Jasper van Wyck em Manhattan. Depois de vários toques, o agente literário atendeu com uma voz pastosa. Eram seis horas da manhã em Nova York e Jasper ainda estava na cama. Fawles pediu-lhe que fizesse uma busca nos artigos que Mathilde Monney escrevera para o *Le Temps* nos últimos tempos.

– O que está procurando, exatamente?

– Não sei. Tudo o que puder ter, de perto ou de longe, alguma relação comigo ou com meus livros.

– Está bem, mas pode demorar um pouco. Mais alguma coisa?

– Eu gostaria que você descobrisse por onde anda a diretora da midiateca da Casa do Adolescente de 1998.

– Que casa é essa?

– Uma instituição médica para adolescentes vinculada ao hospital Cochin.

– Você sabe o nome dessa bibliotecária?

– Não, não consigo lembrar. Pode fazer isso agora mesmo?

– Está bem. Ligo assim que tiver descoberto alguma coisa.

Fawles desligou e foi à cozinha preparar um café. Enquanto degustava seu expresso, fez um esforço de memória. Localizada perto de Port-Royal, a Casa do Adolescente atendia pacientes que sofriam principalmente de distúrbios alimentares, depressão, fobia escolar e ansiedade. Alguns ficavam hospitalizados em tempo integral, outros durante o dia. Fawles visitara o local duas ou três vezes para conversar com os pacientes – a maioria do sexo feminino. Uma conferência, uma sessão de perguntas e respostas, uma pequena oficina de escrita. Ele não se lembrava de nenhum nome ou rosto, mas de uma impressão geral muito positiva. Leitoras atentas, conversas enriquecedoras e perguntas que costumavam chegar ao nervo da questão. Quando terminou a xícara de café, o telefone tocou. Jasper não procrastinara.

– Graças ao LinkedIn, foi fácil encontrar a diretora da midiateca: Sabina Benoit.

– Isso mesmo, agora lembrei.

— Ela ficou na Casa do Adolescente até 2012. Desde então, trabalha no interior, para a rede Biblioteca para Todos. Segundo as informações mais recentes disponíveis on-line, ela está na Dordogne no momento, na cidade de Trélissac. Quer um número de telefone?

Fawles anotou as coordenadas e ligou para Sabina Benoit na mesma hora. A bibliotecária ficou tão surpresa quanto maravilhada de ouvir sua voz ao telefone. Fawles lembrava mais de seu porte do que de seu rosto. Uma morena alta e dinâmica, de cabelos curtos e cordialidade contagiosa. Ele a conhecera no Salão do Livro de Paris e se deixara convencer por seu convite para falar com seus pacientes.

— Estou escrevendo minhas memórias – ele começou. – E precisaria de um...

— Suas memórias? Acha mesmo que vou acreditar, Nathan? – ela o interrompeu, rindo.

No fim das contas, achou melhor ser sincero.

— Estou buscando informações sobre uma paciente da Casa do Adolescente. Uma jovem que teria participado de uma de minhas conferências. Uma certa Mathilde Monney.

— O nome não me diz nada – respondeu Sabina, depois de um momento de reflexão. – Mas minha memória piorou com os anos.

— Estamos todos na mesma. Eu gostaria de saber por que Mathilde Monney estava hospitalizada.

— Não tenho mais acesso a esse tipo de informação, e mesmo que...

– Vamos, Sabina, você sem dúvida ainda tem alguns contatos. Faça isso por mim, preciso dessa ajuda, por favor. É importante.

– Vou tentar, mas não garanto nada.

Fawles desligou e foi para a biblioteca. Demorou um pouco antes de pegar um exemplar de *Loreleï Strange*. Era uma primeira edição. A primeira vendida nas livrarias, no outono de 1993. Com a palma da mão, limpou a poeira da capa, que mostrava seu quadro preferido, *Menina na bola*, um Picasso sublime do período rosa. O próprio Fawles, na época, havia elaborado aquela capa, uma colagem que propusera ao editor. Este último acreditava tão pouco no livro que a aceitara. A primeira edição de *Loreleï* não chegara aos 5 mil exemplares. O livro não tivera repercussão na imprensa e não se podia dizer que os livreiros o respeitassem, embora tivessem acabado seguindo a onda. Ele devia sua salvação ao boca a boca entusiasmado dos leitores. Na maioria das vezes, garotas como Mathilde Monney, que se reconheciam na personagem principal. É preciso dizer que a história do livro se prestava a isso. Ela narrava, no intervalo de um final de semana, as idas e vindas de Loreleï, uma jovem interna de um hospital psiquiátrico. Esse cenário era o ponto de partida para a descrição de uma verdadeira galeria de personagens que frequentavam o hospital. Pouco a pouco, o romance subira nas listas de mais vendidos, alcançando a invejada condição de fenômeno literário. Os que o haviam esnobado no início se apressaram a pegar o bonde andando. O romance foi lido por jovens, velhos, intelectuais, professores, alunos, pessoas que liam muito, pessoas que não liam nada. Todos tinham uma opinião sobre *Loreleï Strange* e faziam o livro dizer coisas que ele não dizia. Esse era o grande mal-entendido. Com o passar dos anos, esse processo se ampliou, e *Loreleï* se tornou uma espécie de clássico da literatura para o grande público. Teses foram escritas sobre o livro, que era encontrado tanto em livrarias e aeroportos quanto em estandes de supermercados. Às vezes até nas prateleiras de autoajuda, o que exasperava o autor. Até que o inevitável aconteceu: antes mesmo de parar de escrever, Fawles começou a detestar o romance, a ponto de não suportar que o mencionassem em sua presença, pois tinha a impressão de ser prisioneiro de seu próprio livro.

A campainha do portão tirou o escritor de seus devaneios. Ele guardou o livro e olhou para a tela com as imagens das câmeras de segurança. Era o dr. Sicard, para finalmente tirar o gesso. Ele tinha quase esquecido! A liberdade batia à porta.

3.
O assassinato de Tristana Beach.

Os clientes da livraria, os turistas, os moradores da ilha que passavam pela praça: ninguém falava de outra coisa. Desde o início da tarde eu recebia curiosos na Rosa

Escarlate. Poucos clientes de verdade: pessoas que entravam na livraria para trocar uma ideia, algumas para compartilhar temores, outras para saciar sua curiosidade mórbida.

Eu tinha ligado meu MacBook em cima do balcão. O wi-fi da loja era bastante rápido, mas caía com frequência, o que me obrigava a subir ao primeiro andar para reiniciar o modem. Meu navegador estava aberto no Twitter de Laurent Lafaury, que tinha acabado de atualizar seu blog.

Segundo ele, a polícia conseguira identificar a vítima. Era uma mulher de 38 anos. Uma certa Apolline Chapuis, distribuidora de vinhos, que morava no bairro de Chartrons, em Bordeaux. Os primeiros testemunhos assinalavam sua presença no porto de Saint-Julien-les-Roses no dia 20 de agosto passado. Alguns passageiros tinham cruzado com ela no ferryboat naquele dia, mas os investigadores ainda tentavam descobrir o que ela viera fazer na ilha. Uma das hipóteses era que alguém atraíra Apolline Chapuis até Beaumont para sequestrá-la, matá-la e conservar seu corpo numa câmara fria ou num congelador. O artigo do jornalista terminava com um boato extravagante: havia uma onda de buscas policiais a todas as casas da ilha para localizar o lugar onde a vítima fora mantida.

Consultei o calendário dos Correios – ilustrado com o retrato icônico de Arthur Rimbaud por Carjat –, que Audibert colocara atrás da tela de seu PC. Se as fontes do jornalista fossem confiáveis, Apolline Chapuis havia desembarcado na ilha três semanas antes de mim. Naquele final de agosto em que um verdadeiro dilúvio caíra sobre o Mediterrâneo.

Maquinalmente, digitei seu nome no buscador.

Em alguns cliques, cheguei ao site da distribuidora de Apolline Chapuis. Ela não era exatamente uma "distribuidora de vinhos", como dissera Lafaury. Trabalhava no setor vitícola, sem dúvida, mas seu ramo era mais o comercial e o marketing. Muito ativa no exterior, sua pequena empresa se dedicava à venda de vinhos prestigiosos a hotéis e restaurantes, bem como a constituir adegas para clientes ricos. A aba *Quem somos* do site apresentava o currículo de sua fundadora e se detinha sobre os grandes marcos de sua trajetória. Nascimento em Paris, numa família que tinha cotas de vários vinhedos bordeleses, mestrado em "Direito da vinha e do vinho" na Universidade Bordeaux-IV, diploma nacional de enóloga (DNO) concedido pelo Instituto Nacional de Estudos Superiores Agronômicos de Montpellier. Apolline havia trabalhado em Londres e em Hong Kong antes de criar sua pequena empresa de consultoria. Sua fotografia, em preto e branco, revelava uma silhueta atraente – para os que gostam das loiras altas de rosto melancólico.

O que estaria fazendo na ilha? Viera a trabalho? Era provável que sim. A vinicultura fora implantada havia tempo em Beaumont. Como em Porquerolles, os vinhedos visavam originalmente servir de guarda-fogo em caso de incêndio. Agora, vários domínios vitícolas da ilha produziam um côtes-de-provence absolutamente honesto. A maior vinícola – que fazia o orgulho e o renome de Beaumont – pertencia aos Gallinari. No início dos anos 2000, o ramo corso da família plantara cepas raras num terreno argiloso e calcário. Embora no início todos os considerassem loucos, o vinho branco que produziram – o famoso Terra dei Pini, com 20 mil garrafas por ano – passara a gozar de certa reputação e figurava na carta de vinhos dos melhores restaurantes do mundo. Desde que estava na ilha, eu tinha tido diversas ocasiões de experimentar aquele néctar. Era um branco seco, delicado e frutado, com notas de flores e bergamota. Todo o processo de fabricação seguia as leis da biodinâmica e se beneficiava do clima clemente da ilha.

Voltei a mergulhar no computador para reler o artigo de Lafaury. Pela primeira vez na vida, senti-me um detetive dentro de um verdadeiro romance policial. E, como sempre que vivia algo interessante, senti vontade de cristalizar aquela experiência na escrita de um romance. Imagens inquietantes e misteriosas começaram a tomar forma em minha mente: uma ilha mediterrânea paralisada por um bloqueio, o cadáver congelado de uma jovem, um escritor famoso enclausurado há vinte anos na própria casa...

Abri um novo documento e comecei a digitar as primeiras linhas de um texto:

Capítulo 1.

Terça-feira, 11 de setembro de 2018.

O vento fazia as velas baterem, sob um céu esplendoroso.

O veleiro havia deixado a costa do Var logo depois das 13 horas e navegava a uma velocidade de cinco nós na direção da ilha Beaumont. Junto ao posto de pilotagem, sentado ao lado do skipper, eu me deixava inebriar pelas promessas do alto-mar, totalmente entregue à contemplação da limalha dourada que cintilava sobre o Mediterrâneo.

4.

O sol declinava na linha do horizonte, estriando o céu com faixas alaranjadas. De volta de uma caminhada com o cachorro, Fawles arrastava a pata. Bancara o esperto e não seguira os conselhos do médico. Logo depois que Sicard o livrara do gesso, saíra com Bronco sem levar a bengala ou tomar qualquer precaução. Agora, pagava o preço: estava sem fôlego, o tornozelo parecia rígido e todos os seus músculos estavam doloridos.

Assim que entrou na sala, Fawles se deixou cair no sofá de frente para o mar e tomou um anti-inflamatório. Ele fechou os olhos por alguns segundos, tentando recuperar o fôlego enquanto o golden retriever lambia sua mão. Estava quase pegando no sono quando a campainha do portão o fez erguer o tronco.

O escritor se levantou, apoiando-se no braço do sofá, e mancou até o monitor de segurança. O rosto luminoso de Mathilde Monney apareceu na tela.

Nathan levou um susto. O que ela estava fazendo ali? Em sua mente, aquela nova visita soava tanto como uma esperança quanto uma ameaça. Se Mathilde Monney voltara, devia ter algo em mente. *O que fazer? Não atender?* Ele afastaria o perigo a curto prazo, mas não identificaria sua *natureza*.

Fawles abriu o portão sem responder o interfone. Seu coração se acalmou e, passada a surpresa, ele decidiu tirar tudo a limpo. Estava disposto a enfrentar Mathilde. Precisava dissuadi-la de se meter em sua vida, e era o que faria. Mas com delicadeza.

Como na véspera, saiu para esperá-la à porta. Apoiado no marco, Bronco a seus pés, viu a picape se aproximar levantando nuvens de poeira. A jovem desligou o carro à frente da entrada e puxou o freio de mão. Bateu a porta e ficou parada à sua frente por um instante. Usava um vestido floreado de manga curta e gola alta cotelê. Os últimos raios de sol batiam em suas botas de salto em couro mostarda.

Pelo olhar que ela lhe lançou, Fawles teve duas certezas. Primeira: Mathilde Monney não estava na ilha *por acaso*. Ela estava em Beaumont apenas para descobrir seu segredo. Segunda: Mathilde não tinha a menor ideia do que podia ser aquele segredo.

– Vejo que tirou o gesso! Consegue me ajudar? – ela pediu, começando a tirar sacos de papel pardo do bagageiro.

– O que é isso?

– Fiz compras para você. Seus armários estão vazios, como me disse ontem.

Fawles não se mexeu.

– Não estou precisando de assistência domiciliar. Posso muito bem fazer minhas compras sozinho.

De onde estava, ele sentia o perfume de Mathilde. Aromas cristalinos de menta, de frutas cítricas e de roupa limpa, que se misturavam aos da floresta.

– Ah! Não pense que estou fazendo isso de graça. Quero apenas esclarecer essa história. Bem, vai me ajudar ou não?

– Que história? – perguntou Fawles, pegando os sacos restantes.

– Essa história de vitela ao molho branco.

Fawles pensou ter ouvido errado, mas Mathilde continuou:

– Em sua última entrevista, você se vangloria de saber fazer uma vitela divina. Ótimo, porque adoro vitela ao molho branco!

– Imaginei-a vegetariana.

— Nem um pouco. Comprei todos os ingredientes. Não tem mais desculpa para não me convidar para o jantar.

Fawles viu que ela não estava brincando. Ele não havia previsto aquilo, mas se convenceu de que estava no comando da situação e fez um sinal para que Mathilde entrasse.

Como se estivesse em casa, a jovem colocou os sacos em cima da mesa da sala, pendurou a jaqueta de couro no cabideiro e abriu uma garrafa de Corona, que foi bebericar com tranquilidade no terraço, admirando o pôr do sol.

Sozinho na cozinha, Fawles guardou as compras e se pôs ao trabalho com um ar falsamente despreocupado.

Aquela história de vitela ao molho branco era uma bobagem. Uma fanfarrice que ele dissera para se livrar da pergunta de um jornalista. Quando lhe faziam perguntas sobre sua vida pessoal, ele colocava em prática o seguinte conselho de Italo Calvino: não responda ou minta. Mas Fawles não se esquivou. Escolheu os ingredientes de que precisava e guardou os demais, apoiando-se o mínimo possível na perna dolorida. Numa prateleira, encontrou uma panela com fundo esmaltado que não usava havia séculos e colocou o óleo de oliva para aquecer. Depois, pegou uma tábua e começou a cortar os pedaços de vitela e de pernil, cortou o alho e a salsinha, que misturou à carne que fritava. Acrescentou uma colher de farinha e um grande copo de vinho branco antes de cobrir tudo com um caldo quente.

Agora, pelo que lembrava, era preciso deixar tudo cozinhar por uma hora.

Ele olhou para a sala. A noite havia chegado e Mathilde entrara para se aquecer. Ela colocara um velho vinil dos Yardbirds e examinava a biblioteca. Na adega ao lado da geladeira, Fawles escolheu um saint-julien que abriu com calma antes de ir ao encontro de Mathilde.

– Meio fria sua casa – ela observou. – Eu não me oporia a um foguinho.

– Como quiser.

Fawles se dirigiu às prateleiras metálicas que guardavam a lenha. Pegou gravetos e toras e acendeu um fogo na lareira suspensa no centro da peça.

Sempre perambulando, Mathilde entreabriu o cofre preso à parede ao lado do estoque de lenha, descobrindo a espingarda que ele abrigava.

– Então não é uma lenda: você realmente atira nas pessoas que vêm incomodá-lo?

– Sim, e considere-se feliz por ter escapado.

Ela observou a arma com atenção. A coronha e o cabo eram de nogueira encerada, o cano era de aço polido. Entre os reflexos azulados do corpo da espingarda, em meio aos arabescos, uma espécie de cabeça de Lúcifer a encarava com ar ameaçador.

– É o diabo? – ela perguntou.

– Não, é o Kuçedra: um dragão fêmea do folclore albanês.

– Encantador.

Ele tocou o ombro dela para afastá-la das prateleiras e levá-la para perto da lareira, onde serviu-lhe uma taça de vinho. Eles brindaram e provaram o saint-julien em silêncio.

– Um Gruaud Larose 1982, você não está para brincadeira – ela aprovou.

Ela se sentou na poltrona de couro ao lado do sofá, acendeu um cigarro e brincou com Bronco. Fawles voltou para a cozinha, conferiu a vitela e incorporou azeitonas sem caroço e cogumelos ao molho. Fez arroz, colocou dois pratos e talheres na mesa da sala de jantar. Ao fim do cozimento, acrescentou à carne o suco de um limão misturado à gema de um ovo.

– Está na mesa! – ele disse, levando a vitela.

Antes de ir a seu encontro, ela colocou um novo vinil no toca-discos: a trilha do filme *O velho fuzil*. Fawles viu-a estalar os dedos ao ritmo da melodia de François de Roubaix enquanto Bronco corria a seu redor. Uma cena bonita. Mathilde era bonita. Teria sido fácil entregar-se ao momento, mas ele sabia que tudo aquilo não passava de um jogo entre duas pessoas que pensavam manipular uma à outra. Fawles adivinhava que aquele não era um jogo inocente. Ele se arriscara a deixar a raposa entrar no galinheiro. Ninguém jamais se aproximara tanto do segredo que ele escondia havia vinte anos.

A vitela estava boa. Pelo menos eles a comeram com gosto. Fawles tinha perdido o hábito de falar, mas o jantar foi agradável graças ao humor e à vivacidade de Mathilde, que tinha teorias a respeito de tudo. Depois, em dado momento, algo mudou em seu olhar. Ainda brilhava, mas tornou-se mais sério, menos risonho.

– Como é seu aniversário, eu trouxe um presente para você.

– Nasci em junho, não é meu aniversário.

– Estou um pouco adiantada, ou atrasada, não faz mal. Enquanto romancista, você vai gostar.

– Não sou mais romancista.

– Ser romancista é como ser presidente da República. É um título que se leva para sempre, mesmo depois de se deixar do cargo.

– Pode ser, mas não no meu caso.

Ela o atacou em outra frente.

– Os romancistas são os maiores mentirosos do mundo, não?

– Não, os políticos é que são. E os historiadores. E os jornalistas. Mas não os romancistas.

– Claro que são! Vocês dizem narrar a vida em seus romances, mas mentem. A vida é complexa demais para caber numa equação ou para se deixar conter nas páginas de um livro. Ela é mais difícil que a matemática ou que a ficção. Um romance é ficção. E a ficção, tecnicamente, é uma mentira.

– É o exato oposto. Philip Roth encontrou a fórmula certa: "O romance fornece àquele que o inventa uma mentira por meio da qual ele expressa sua indizível verdade".

– Sim, mas...

De repente, Fawles se cansou daquilo.

– Não vamos decidir a questão numa noite. O que me trouxe de presente?

– Pensei que não o quisesse.

– Você é um pé no saco!

– Meu presente é uma história.

– Que história?

Com o copo de vinho na mão, Mathilde saiu da mesa e se instalou na poltrona.

– Vou *contar* uma história. E quando eu tiver terminado, você não poderá deixar de se sentar atrás de sua máquina e começar a escrever.

Fawles balançou a cabeça.

– Nem sonhando.

– Quer apostar?

– Não vamos apostar nada.

– Está com medo?

– Não de você. Nada pode me fazer voltar a escrever e não vejo por que sua história mudaria isso.

– Porque ela fala de você. E porque é uma história que precisa de um epílogo.

– Não sei se quero ouvi-la.

– Vou contar assim mesmo.

Sem sair da poltrona, ela estendeu a taça vazia na direção de Fawles. Ele pegou o saint-julien, levantou-se para encher a taça de Mathilde e se deixou cair no sofá. Entendeu que algo muito sério estava prestes a começar e que todo o resto não passara de embromação. De um prelúdio ao verdadeiro frente a frente entre os dois.

– Tudo começa na Oceania, no início dos anos 2000 – disse Mathilde. – Um jovem casal da região parisiense, Apolline Chapuis e Karim Amrani, desembarca no Havaí depois de quinze horas de voo, para passar as férias.

5
A contadora de histórias

Não há angústia pior do que a de carregar dentro de si uma história que ainda não foi contada.

Zora Neale Hurston

2000
Tudo começou na Oceania, no início dos anos 2000.

Um jovem casal da região parisiense, Apolline Chapuis e Karim Amrani, desembarcou no Havaí depois de quinze horas de voo, para uma semana de férias. Assim que chegaram ao hotel, eles esvaziaram o minibar do quarto e caíram num sono profundo. Nos dois dias seguintes, eles aproveitaram todos os encantos da ilha vulcânica de Maui. Caminharam pela natureza preservada, admiraram as pequenas cascatas e os campos floridos fumando baseados. Fizeram amor nas praias de areia fina e alugaram um barco particular para observar as baleias ao largo de

Lahaina. No terceiro dia, enquanto faziam um mergulho submarino experimental, a máquina fotográfica que tinham caiu no mar.

Os dois mergulhadores experientes que os acompanhavam tentaram encontrar a câmera, sem sucesso. Apolline e Karim precisaram se conformar: tinham perdido as fotos das férias. Fato que esqueceram na mesma noite, em torno de uma boa dúzia de coquetéis num dos inúmeros bares da praia.

2015

Mas a vida é cheia de surpresas.

Muitos anos depois, a 9 mil quilômetros dali, Eleanor Farago, uma empresária norte-americana, avistou um objeto preso a um recife enquanto fazia sua corrida pela praia de Baishawan, na região de Kenting, ao sul de Taiwan.

Era a primavera de 2015. Eram sete horas da manhã. A senhora Farago, que trabalhava numa rede hoteleira internacional, fazia uma turnê pela Ásia para visitar alguns hotéis de seu grupo. Na última manhã de viagem, antes de pegar o avião para Nova York, ela foi correr em "Baisha", uma espécie de Côte d'Azur local. Cercada de colinas, a praia tinha uma areia fina e dourada, uma água translúcida, mas também algumas rochas que mergulhavam no mar. Foi nelas que Eleanor avistou aquele objeto misterioso. Ela correu até ele, escalou duas rochas, abaixou-se para soltá-lo e pegá-lo. Descobriu uma bolsinha à prova d'água com uma máquina fotográfica PowerShot da marca Canon.

Ela ainda não sabia – e, para falar a verdade, nunca soube –, mas a câmera dos jovens franceses havia ficado à deriva por quinze anos, ao sabor das correntes, percorrendo cerca de 10 mil quilômetros. Curiosa, a americana pegou o objeto e, de volta ao hotel, colocou-o num estojo de tecido dentro de sua bagagem de mão. Algumas horas depois, ela pegou um avião no aeroporto de Taipei. O voo da Delta Air Lines partiu às 12h35, fez uma escala em São Francisco e pousou em Nova York, no aeroporto JFK, às 23h08, com um atraso de mais de três horas. Cansada e com pressa de voltar para casa, Eleanor Farago esqueceu vários objetos pessoais no compartimento à frente de seu assento, dentre os quais a máquina fotográfica.

*

A equipe encarregada da limpeza do avião encontrou o estojo e o levou ao Achados e Perdidos do aeroporto JFK. Três semanas depois, um empregado desse setor encontrou a passagem de avião da sra. Farago. Depois de recuperar os dados da passageira, ele deixou uma mensagem em sua secretária eletrônica e enviou-lhe um e-mail, aos quais Eleanor Farago nunca respondeu.

Segundo o procedimento padrão, o setor de Achados e Perdidos guardou a máquina por noventa dias. Depois disso, ela foi revendida junto com milhares de outros objetos a uma empresa do Alabama que, há décadas, comprava bagagens não recuperadas das companhias aéreas norte-americanas.

*

No início do outono de 2015, a máquina fotográfica foi então guardada numa prateleira do Unclaimed Baggage Center: o centro de bagagens não retiradas. O lugar era diferente de tudo que já se viu. Havia sido inaugurado nos anos 1970, em Scottsboro, uma pequena cidade do condado de Jackson, duzentos quilômetros ao norte de Atlanta. Uma modesta empresa familiar tivera a ideia de assinar contratos com as companhias aéreas para revender as bagagens perdidas cujos proprietários não se manifestavam. O negócio havia prosperado tanto que, com o passar dos anos, a loja se tornara uma verdadeira instituição.

Em 2015, os depósitos do Unclaimed Baggage Center ocupavam cerca de 4 mil metros quadrados. Mais de 7 mil novos objetos eram encaminhados todos os dias por caminhões que saíam dos diferentes aeroportos dos Estados Unidos rumo àquela cidadezinha perdida no meio de lugar algum. Curiosos afluíam dos quatro cantos do país e mesmo do exterior: um milhão de turistas anuais visitavam o lugar, que parecia tanto um supermercado de descontos quanto um gabinete de curiosidades. Em quatro andares, empilhavam-se roupas, computadores, tablets, fones de ouvidos, instrumentos musicais, relógios. Um pequeno museu havia sido criado dentro da loja para a exposição das peças mais insólitas recuperadas ao longo dos anos: um violino italiano do século XVIII, uma máscara funerária egípcia, um diamante de 5,8 quilates e uma urna com as cinzas de uma pessoa...

Foi nas prateleiras dessa estranha loja que nossa Canon PowerShot acabou depositada. Protegida por seu estojo de tecido, ela ficou ali, empilhada ao lado de outras máquinas fotográficas, de setembro de 2015 a dezembro de 2017.

2017
Durante o feriado de Natal daquele ano, Scottie Malone, 44 anos, e sua filha Billie, onze anos, moradores de Scottsboro, passeavam pelos corredores do Unclaimed Baggage Center. Os preços da loja chegavam a ser oitenta por cento menores do que os dos artigos novos, e Scottie não estava bem de grana. Ele tinha uma oficina na estrada que levava ao lago Guntersville, onde consertava carros e barcos.

Desde que sua mulher fora embora, ele tentava criar a filha da melhor maneira possível. Julia simplesmente sumira num dia de inverno, três anos antes. Quando ele voltou para casa, à noite, encontrou em cima da mesa da cozinha uma mensagem comunicando-lhe friamente a decisão.

Ele ficou mal, claro – a dor ainda o acompanhava –, mas não surpreso. Para falar a verdade, sempre soubera que a mulher um dia o deixaria. Estava escrito em algum lugar, numa das páginas do livro do destino, que as rosas bonitas demais viviam sob o terror de murchar. E aquele temor às vezes fazia com que cometessem atos irremediáveis.

– Eu queria de Natal uma caixa de pintura, por favor, papai – pediu Billie.

Scottie balançou a cabeça para dizer que sim. Eles subiram ao último andar, onde ficava o setor de livros e de papelaria. Eles perambularam por uns bons quinze minutos e encontraram uma linda caixa com tubos de guache, pastéis a óleo e duas pequenas telas em branco. A alegria da filha aqueceu o coração de Scottie. Ele se autorizou um gasto para si mesmo: um exemplar de *O poeta*, de Michael Connelly, vendido a 99 centavos de dólar. Fora Julia quem lhe revelara o poder mágico da leitura. Fora ela quem, por muito tempo, sugerira os títulos de que ele poderia gostar: romances policiais, históricos e de aventura. Nem sempre era certo que ele entraria na história, mas quando encontrava o livro certo, aquele que fora escrito para ele, do qual saboreava os detalhes, os diálogos, os pensamentos dos personagens, ele sentia um grande deslumbramento. Sim, era a melhor coisa do mundo, realmente. Melhor que Netflix, que as partidas de basquete dos Hawks e que todos os vídeos idiotas que circulavam pelas redes sociais e que transformavam as pessoas em zumbis.

Enquanto estava na fila do caixa, Scottie avistou uma cesta com artigos em liquidação. Ele vasculhou a cesta de metal e, entre uma grande quantidade de objetos singulares, pescou um estojo de tecido. Ele continha uma antiga máquina fotográfica compacta, ao preço de 4,99 dólares. Após um momento de hesitação, Scottie se deixou levar. Ele adorava consertar e arrumar tudo o que lhe caísse nas mãos. Era sempre um desafio, que ele se atribuía o dever de vencer. Pois ao consertar coisas velhas e estragadas ele sempre tinha a impressão de estar consertando sua própria vida.

*

Chegando em casa, Scottie e Billie decidiram juntos que, embora ainda fosse sábado, 23 de dezembro, eles poderiam abrir seus presentes sem esperar o dia de Natal. Assim, teriam todo o final de semana para aproveitá-los, pois Scottie trabalhava na oficina na segunda-feira. Fazia frio naquele ano. Scottie preparou para a filha uma xícara de chocolate quente com marshmallows flutuando na superfície. Billie ligou uma música e passou a tarde pintando, enquanto o pai lia o romance policial e bebia uma cerveja gelada em pequenos goles.

Foi somente à noite – enquanto Billie preparava um macarrão ao queijo – que Scottie abriu o estojo onde estava a máquina fotográfica. Observando o estado da bolsinha à prova d'água, ele adivinhou que a máquina fotográfica estivera submersa por vários anos. Ele precisou usar uma faca serrilhada para abrir o lacre. A máquina não estava mais em condições de uso, mas depois de várias tentativas ele conseguiu retirar o cartão de memória, que não parecia danificado. Ele o conectou ao computador e conseguiu abrir as fotos que guardava.

Scottie percorreu as imagens com uma ponta de excitação. A sensação de estar entrando na intimidade de indivíduos que ele não conhecia o deixava pouco à vontade, mas despertava sua curiosidade. Havia cerca de quarenta imagens. As últimas mostravam um casal jovem num ambiente paradisíaco: praias, água azul-turquesa, natureza luxuriante, paisagens subaquáticas de peixes coloridos. Numa das fotos, o casal posava na frente de um hotel: tirada com pressa, com a câmera acima das cabeças, era uma selfie precursora com o Aumakua Hotel ao fundo. Em poucos cliques, Scottie encontrou o lugar na internet: um hotel de luxo no Havaí.

Foi onde perderam a câmera, que deve ter caído no mar.

Scottie coçou a cabeça. Havia mais fotos no cartão de memória. Os dados indicavam que tinham sido tiradas algumas semanas *antes* das fotografias no Havaí, mas não combinavam com elas. Viam-se outras pessoas, sem dúvida em outro país e em outro contexto. A quem pertencera a câmera? Foi com essa pergunta que Scottie saiu do computador para jantar.

Como ele havia prometido à filha, eles passaram a noite vendo "filmes de Natal que dão medo" – no caso, *Gremlins* e *O estranho mundo de Jack*.

Na frente da televisão, Scottie continuou pensando em sua descoberta. Bebeu mais uma cerveja, depois mais outra, e pegou no sono no sofá.

*

Quando ele acordou, na manhã seguinte, eram quase dez horas. Um pouco envergonhado de ter dormido tanto, ele viu a filha em pleno "trabalho" diante da tela do computador.

– Quer um café, papai?

– Você sabe que não pode navegar sozinha na internet! – ele reclamou.

Chateada, Billie deu de ombros e foi fazer cara feia na cozinha.

Em cima da mesa, ao lado do computador, Scottie viu um velho papel dobrado que parecia uma passagem de avião.

– Onde achou isso?

– No estojinho de tecido – respondeu Billie, aparecendo à porta.

Scottie espremeu os olhos para ler as informações na passagem. Era um voo da Delta Air Lines que, no dia 12 de maio de 2015, saíra de Taipei com destino a Nova

York. A passageira era uma certa Eleanor Farago. Scottie coçou a cabeça, entendendo cada vez menos o que tinha diante dos olhos.

– Eu sei o que aconteceu, tive tempo de pensar enquanto você dormia como uma marmota! – afirmou Billie triunfante.

Ela se sentou à frente do computador para imprimir o mapa que havia acabado de baixar da internet. Depois, com uma caneta, apontou para uma pequena ilha no meio do Pacífico.

– A máquina fotográfica foi perdida no Havaí em 2000 pelo casal que fazia mergulho submarino – ela começou, mostrando as fotos mais recentes da máquina.

– Até aqui, estamos de acordo – aprovou o pai, colocando os óculos.

Billie apontou para a passagem de avião e traçou uma longa flecha no oceano, do Havaí até Taiwan.

– Depois a máquina vagou pelo mar, levada pelas correntes, até a costa taiwanesa, onde foi encontrada em 2015 por essa mulher, a sra. Farago.

– Que depois a esqueceu no avião, ao voltar para os Estados Unidos?

– Afirmativo – respondeu Billie, balançando a cabeça. – E foi assim que chegou até nós.

Com capricho, ela completou seu esquema com uma nova flecha até Nova York, depois com uma linha tracejada até a cidadezinha onde morava.

Genebra

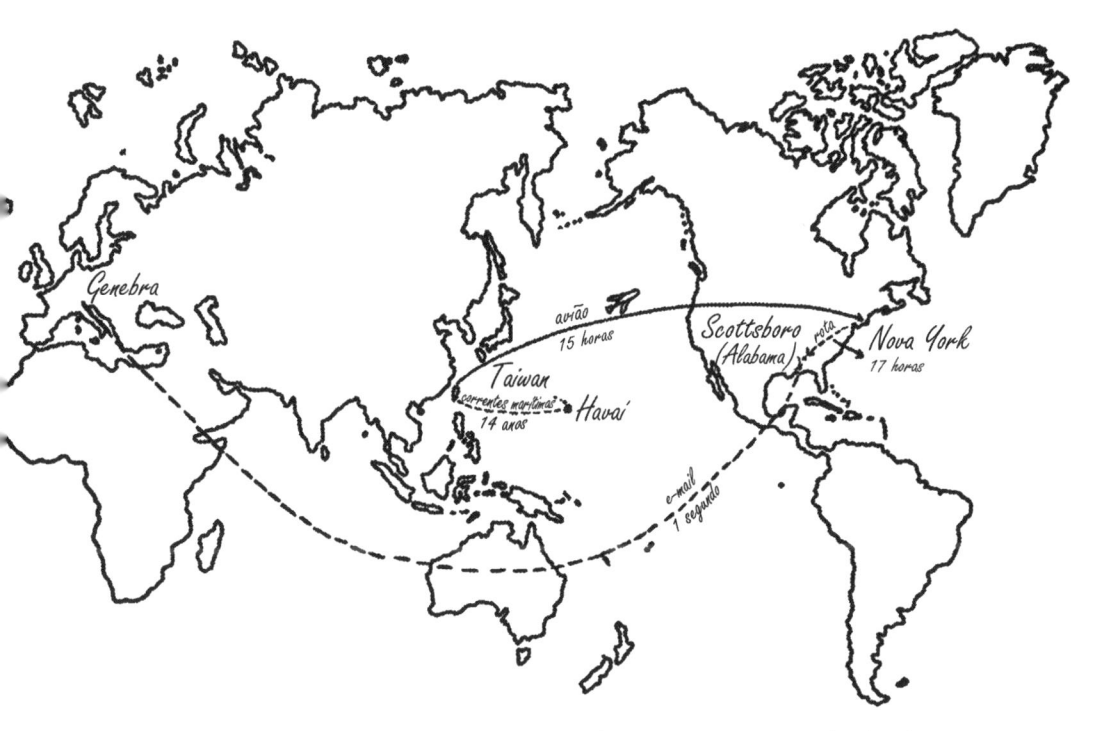

avião
15 horas

Taiwan
correntes marítimas
14 anos

Havaí

Scottsboro
(Alabama)

rota

Nova York
17 horas

e-mail
1 segundo

Scottie ficou impressionado com a capacidade de dedução da filha. Billie havia reconstruído uma versão quase completa daquele quebra-cabeça. Embora uma parte do mistério ainda o intrigasse:

– Quem você acha que são as pessoas das fotos mais antigas?

– Não sei, mas acho que são franceses.

– Por quê?

– Pelas janelas, podemos ver os telhados de Paris – respondeu Billie. – E aqui, a torre Eiffel.

– Pensei que a torre Eiffel ficasse em Las Vegas.

– Papai!

– Estou brincando – Scottie respondeu, balançando a cabeça e lembrando da promessa que um dia fizera a

Julia, de levá-la a Paris – promessa que se perdia com a passagem dos dias, das semanas e dos anos que corroíam o cotidiano.

Ele examinou de novo e de novo as fotos *parisienses* e as fotos havaianas. Ele não saberia dizer por quê, mas estava hipnotizado pelo encadeamento das imagens. Como se um drama se desenhasse por trás das duas sequências. Como se elas ocultassem um mistério digno das tramas dos romances policiais que ele devorava.

O que ele podia fazer com aquelas fotos? Não havia motivo algum para passá-las à polícia, mas uma pequena voz dentro de sua cabeça dizia que ele devia mostrá-las a alguém. Talvez a um jornalista? De preferência um jornalista francês? Mas Scottie não sabia uma palavra de francês.

Ele agradeceu à filha, que lhe estendeu uma xícara de café preto. Os dois se sentaram na frente da tela. Na hora seguinte, tateando e digitando palavras-chave nas ferramentas de busca, eles encontraram alguém que correspondia ao perfil que tinham definido: uma jornalista francesa que fizera parte de seus estudos em Nova York, onde obtivera o título de mestre na universidade Columbia. Ela havia voltado para a Europa e trabalhava para um periódico suíço.

Billie encontrou seu e-mail no site do jornal, e pai e filha redigiram uma mensagem em que explicavam seu achado e a impressão de estarem diante de um mistério.

Para dar força às suas palavras, eles anexaram à mensagem uma seleção das fotografias encontradas na câmera. E enviaram sua mensagem como uma garrafa ao mar.
    A jornalista se chamava Mathilde Monney.

O ANJO DE CABELOS DOURADOS

Trecho do programa *Bouillon de Culture*
Transmitido pelo canal France 2 no dia 20 de novembro de 1998.

[Cenário chique e minimalista: cortinas na cor creme, colunas antigas, biblioteca fictícia que dá a impressão de ter sido esculpida em mármore. Atrás de uma mesa baixa, os convidados sentam em círculo em poltronas de couro preto. Óculos de meia-lua no nariz, blazer de tweed, Bernard Pivot dá uma olhada em suas fichas antes de fazer cada pergunta.]

Bernard Pivot: Estamos muito atrasados, mas antes de encerrar eu gostaria de fazer o tradicional questionário do programa com Nathan Fawles. Primeira pergunta: qual sua palavra preferida?
Nathan Fawles: Luz!
Pivot: A palavra de que menos gosta?

Fawles: Voyeurismo, feia no significado e na sonoridade.

Pivot: Droga preferida?

Fawles: Uísque japonês. Principalmente o Bara No Niwa, que teve sua destilaria destruída nos anos 1980 e que...

Pivot: Está bem! Está bem! Não podemos fazer propaganda para uma marca de bebida num canal público! Próxima pergunta: qual o som, o barulho de que mais gosta?

Fawles: O silêncio.

Pivot: Qual o som, o barulho que mais detesta?

Fawles: O silêncio.

Pivot: Ha, ha! Qual seu palavrão, blasfêmia ou insulto preferido?

Fawles: Bando de imbecis.

Pivot: Não me parece muito literário!

Fawles: Eu nunca soube a diferença entre o que é "literário" e o que não é. Raymond Queneau, por exemplo, utiliza essa expressão em seus *Exercícios de estilo*: "Depois de uma espera infecta sob um sol ignóbil, acabei subindo num ônibus imundo onde se amontoava um bando de imbecis".

Pivot: Um homem ou uma mulher para ilustrar uma nova cédula de papel-moeda?

Fawles: Alexandre Dumas, que ganhou muito antes de perder tudo, e quem lembrava justamente que o dinheiro é um bom servidor, mas um péssimo senhor.

Pivot: Gostaria de reencarnar numa planta, numa árvore ou num animal?

Fawles: Num cachorro, pois eles costumam ser mais humanos do que os homens. Conhece a história do cachorro de Levinas?

Pivot: Não, mas poderá contá-la da próxima vez. Última pergunta: se Deus existe, o que gostaria de ouvi-lo dizer a Nathan Fawles, depois de sua morte?

Fawles: "Você não foi perfeito, Fawles... mas eu tampouco!"

Pivot: Muito obrigado por sua participação, boa noite a todos e até a semana que vem.

[*Música dos créditos finais:* The Night Has A Thousand Eyes, *interpretada ao saxofone por Sonny Rollins.*]

6
As férias do escritor

Um escritor nunca tira férias.
Para um escritor, a vida consiste em
escrever, ou em pensar em escrever.

Eugène Ionesco

Quarta-feira, 10 de outubro de 2018.

1.

O dia ainda não havia nascido. Fawles desceu a escada com cuidado, o cachorro atrás dele. Na sala de jantar, a mesa de madeira maciça ainda guardava os restos da refeição da véspera. Com as pálpebras pesadas e a mente embotada, o escritor limpou tudo com gestos mecânicos, num vaivém entre a sala e a cozinha.

Depois que terminou, deu comida para Bronco e preparou uma xícara grande de café. Com a noite que tinha acabado de passar, teria preferido cafeína direto na veia para ajudá-lo a enfrentar o nevoeiro em que se encontrava.

Com uma caneca fervente nas mãos, Fawles saiu para o terraço e teve um calafrio. Faixas ondulantes, de um rosa intenso, se diluíam no azul noturno da tela celeste. O vento havia soprado a noite inteira e continuava varrendo a costa. O ar estava seco e gelado, como se, em poucas horas, o tempo tivesse passado sem transição do verão ao inverno. O escritor fechou o zíper do blusão e se sentou à mesa instalada numa reentrância do terraço. Um pequeno casulo, protegido do vento e pintado de branco, que fazia as vezes de pátio.

Pensativo, Nathan repassou mentalmente o relato de Mathilde, tentando colar as peças numa ordem coerente. A jornalista fora contatada por e-mail por um sujeito do interior do Alabama, que havia comprado uma velha máquina fotográfica num supermercado que reciclava objetos encontrados em aviões. A câmera provavelmente fora perdida no ano 2000 por dois turistas franceses no Pacífico e reencontrada quinze anos depois numa praia de Taiwan. Ela continha várias fotografias que, segundo Mathilde havia sugerido, permitiam o vislumbre de um verdadeiro drama.

– O que havia nas fotos? – Fawles havia perguntado, enquanto a jovem fazia uma pausa na história.

Ela o encarara com os olhos brilhando.

– É tudo por hoje, Nathan. Ouvirá o resto amanhã. Podemos nos encontrar à tarde, na Baía dos Pinheiros?

Ele a princípio pensara que se tratava de uma brincadeira, mas ela esvaziara a taça de saint-julien e se levantara da poltrona.

– Está rindo da minha cara?

Ela vestira a jaqueta, pegara as chaves do carro deixadas na mesinha da entrada e acariciara a cabeça de Bronco.

– Obrigada pela vitela e pelo vinho. Nunca pensou em abrir um restaurante? Tenho certeza de que faria sucesso.

E ela havia saído da casa toda petulante, sem dizer mais nada.

Ouvirá o resto amanhã...

Aquilo o deixara furioso. Quem aquela Sherazade de meia-tigela pensava que era? Tentara criar um pequeno suspense, desafiar o romancista em seu próprio território, mostrar-lhe que também era capaz de fazer os que ouviam suas histórias passar a noite em claro.

Quanta pretensão... Fawles tomou um último gole de café e tentou recuperar a calma. A odisseia da câmera digital estava longe de interessá-lo. Ela tinha potencial romanesco, sem dúvida, embora ele não vislumbrasse direito onde ela iria dar. Acima de tudo, ele não entendia por que Mathilde dissera que a história falava *dele.* Nunca pisara no Havaí nem em Taiwan, e menos ainda no Alabama. Se a história tivesse algo a ver com ele, só podia ser em relação ao conteúdo das fotografias, mas nenhum dos nomes que ela havia citado – Apolline Chapuis e Karim Amrani – lhe dizia alguma coisa.

No entanto, ele sentia que tudo aquilo levaria a alguma coisa. Por trás daquela encenação se tramava algo muito mais sério do que um simples jogo de sedução literária. O que aquela garota estava buscando, afinal? A curto prazo, ela tinha conseguido o que queria, pois ele não pregara o olho a noite inteira. Caíra como um patinho. Pior: estava reagindo exatamente como ela esperava.

Merda... Ele não podia aceitar aquela manipulação. Precisava agir, tentar saber mais sobre aquela mulher antes que a armadilha que ela estava preparando se fechasse sobre ele. Com o rosto contraído, Nathan esfregou as mãos geladas. Embora quisesse fazer alguma coisa, não tinha a menor ideia de por onde começar. Sem internet, não podia fazer nenhuma busca em casa, e o tornozelo duro, inchado e dolorido era uma verdadeira desvantagem. Mais uma vez, seu primeiro reflexo foi telefonar para Jasper van Wyck, mas ele estava longe. Jasper poderia fazer algumas pesquisas na internet em seu lugar, mas não poderia ser seu braço armado no contra-ataque a Mathilde. Fawles analisou o problema sob todos os ângulos e foi obrigado a admitir que só descobriria algo se pedisse ajuda. Ele precisava de alguém engenhoso, capaz de correr riscos. Alguém que ficasse a seu lado e que não fizesse milhões de perguntas.

Um nome lhe ocorreu. Ele se levantou e voltou à sala para telefonar.

2.

Encolhido na cama, meu corpo tremia por inteiro. Da noite para o dia, a temperatura devia ter caído uns dez graus. Ao deitar, eu tinha pensado em ligar o radiador do quarto, mas mantive-o desesperadamente frio.

Sob as cobertas, vi o dia nascendo na janela, mas pela primeira vez desde que estava na ilha, tive dificuldade para sair da cama. A descoberta do cadáver de Apolline Chapuis e o bloqueio da prefeitura tinham metamorfoseado Beaumont. Em apenas dois dias, o pequeno paraíso mediterrâneo se transformara brutalmente numa gigantesca cena de crime.

Fim das sociabilidades, dos aperitivos descontraídos, da bonomia habitual dos moradores da ilha. Até o calor havia desaparecido. Agora, a desconfiança reinava por toda parte. E a tensão subira ainda mais depois que um jornal nacional dedicara sua matéria de capa aos "Sinistros segredos da ilha Beaumont". Como costuma acontecer nesse tipo de reportagem feita às pressas, nada era verídico. Os artigos eram uma coletânea de informações não verificadas e de simplificações enganosas que alimentavam títulos e subtítulos chamativos. Beaumont ora aparecia como a ilha dos milionários – quando não dos bilionários –, ora como um antro de independentistas amalucados ao lado dos quais os radicais da Frente de Libertação Nacional da Córsega pareciam os Ursinhos Carinhosos. Os Gallinari, os discretos proprietários italianos, também faziam os jornalistas delirar. Era como se aquele drama tivesse sido necessário para que a França descobrisse a existência daquele território. Quanto aos jornalistas estrangeiros, eles não ficavam atrás e também gostavam de espalhar rumores sem pé nem cabeça. Os órgãos de imprensa copiavam uns aos outros, deformando ainda mais as informações originais, e depois tudo passava pelo grande rolo compressor das redes sociais e resultava numa massa informe tão mentirosa quanto sem sentido, sem outra função senão a de gerar cliques e retweets. A grande vitória da mediocridade.

Além do medo de que a ilha abrigasse um assassino potencial, acho que o que deixava os moradores de Beaumont enlouquecidos era ver sua ilha, sua terra e suas vidas expostas aos holofotes da informação do século XXI. O trauma se aprofundava, alimentado pelo mantra que todos com quem eu cruzava repetiam: *as coisas nunca mais serão como antes.*

Além disso, todos tinham barcos na ilha, desde canoas de pesca a embarcações mais imponentes, e a proibição de utilizá-los era vivida como uma prisão domiciliar. Os policiais vindos do continente que patrulhavam o porto eram vistos como invasores. A intrusão se tornava ainda mais insuportável porque os investigadores pareciam não ter feito muita coisa além de expor os beaumonteses ao opróbrio. Eles tinham feito buscas nos raros restaurantes e bares da ilha, bem como em algumas lojas passíveis de ter uma câmara fria ou um congelador de tamanho grande, mas nada levava a crer que essas investigações tivessem sido frutíferas.

O som de uma mensagem em meu telefone me levou a emergir das cobertas. Esfreguei os olhos antes de olhar para a tela. Laurent Lafaury acabara de publicar dois artigos em sequência. Entrei no blog. O primeiro post era ilustrado por uma fotografia do seu rosto inchado. Ele relatava uma agressão de que dizia ter sido vítima na noite anterior, enquanto bebia um aperitivo no balcão do As Flores do Malte. Um grupo de clientes o teria puxado para o lado, criticando-o por alimentar com seus tweets a psicose que começava a se instalar na ilha. Lafaury pegara o celular para filmar a cena, mas, segundo ele, Ange Agostini, o policial municipal, confiscara seu telefone e deixara o dono do bar espancá-lo, sob os encorajamentos de alguns clientes. O jornalista anunciava sua intenção de prestar queixa e terminava a nota mencionando a teoria do "bode expiatório" popularizada por René Girard: toda sociedade ou comunidade em estado de crise sente a necessidade de identificar e estigmatizar bodes expiatórios que carreguem a culpa dos males sofridos pela coletividade.

Nesse último ponto, Lafaury pareceu-me lúcido e com razão. O jornalista cristalizava os ódios. Vivia seu momento de glória e, ao mesmo tempo, um verdadeiro calvário. Pensava estar exercendo seu ofício legitimamente, mas uma parte dos insulares acreditava que apenas colocava lenha na fogueira. A ilha afundara na irracionalidade e não era difícil imaginar outros excessos de que ele poderia ser vítima. Para acalmar os ânimos e evitar que a situação degenerasse, seria preciso suspender o bloqueio, coisa que a prefeitura ainda não parecia disposta a fazer. Acima de tudo, seria preciso que o autor daquele crime atroz fosse encontrado o mais rápido possível.

A segunda postagem do jornalista comentava a investigação policial e, mais diretamente, a personalidade e a história da vítima.

Nascida Apolline Mérignac em 1980, Apolline Chapuis cresceu no VII arrondissement de Paris. Foi aluna do colégio Sainte-Clotilde e do liceu Fénelon-Sainte-Marie. Tímida e brilhante, integrou uma classe preparatória literária, mas em 1998, durante esse ano de estudos, sua vida saiu bruscamente dos trilhos.

Durante uma festa estudantil, ela conheceu Karim Amrani, um pequeno traficante que servia o bulevar La Chapelle, e se apaixonou loucamente. Amrani havia abandonado os estudos de Direito em Nanterre. Tinha a fala mansa e era um pouco deslumbrado, próximo da extrema esquerda, sonhava ser Fidel Castro num dia e Tony Montana no outro.

Para agradá-lo, Apolline interrompeu o curso e se mudou para a casa dele, numa ocupação da rue de Châteaudun. Pouco a pouco, Karim afundou nas drogas. Ele precisava de cada vez mais dinheiro para pagar suas doses. Apesar de todos os esforços de sua família para tirá-la dali,

Apolline mergulhou numa vida marginal. Ela começou a se prostituir, mas o dinheiro dos programas logo deixou de ser suficiente. Ela se tornou então a cúmplice de Karim e entrou com ele na delinquência. Seguiu-se uma sucessão de roubos, às vezes com violência, que culminaram em setembro de 2000 com o assalto à mão armada a um bar de apostas de corridas de cavalos perto da Place Stalingrad. O assalto deu errado. O proprietário reagiu. Para assustá-lo, Karim atirou com uma pistola de chumbinho (o homem perdeu um olho em consequência do tiro), roubou o conteúdo do caixa e foi ao encontro de Apolline, que o esperava na rua com uma moto. Uma viatura acabou chegando e uma perseguição teve início, acabando sem vítimas, felizmente, no bulevar Poissonnière, bem na frente do Grand Rex. No processo judicial, Karim foi condenado a oito anos de cadeia. Apolline recebeu a metade.

Mas é claro... Eu agora entendia por que algumas datas tinham me espantado no site de Apolline, como se ela tivesse um grande buraco em seu CV.

O tempo passou. Ela saiu da prisão de Fleury-Mérogis em 2003 e recolocou a vida nos trilhos. Retomou os estudos em Bordeaux, depois em Montpellier, casou-se com Rémi Chapuis, filho de um advogado da região, de quem se divorciou alguns anos depois, sem ter tido filhos. Em 2012, ela voltou a Bordeaux, montou seu próprio negócio e saiu do armário – uma de suas ex-companheiras, aliás, havia comunicado seu desaparecimento à polícia de Bordeaux.

No blog, Lafaury escaneara um velho artigo do *Le Parisien* que detalhava o processo dos "*Bonnie and Clyde* de Stalingrad". Uma fotografia em preto e branco mostrava Apolline como uma jovem alta e frágil, o rosto alongado, bochechas encovadas, olhando para o chão. Karim era mais baixo, robusto, forte, determinado. Tinha a fama de se tornar violento e feroz quando estava sob o efeito de entorpecentes, mas seu comportamento durante o processo fora *clean*. Contra seu próprio advogado, ele havia tentado inocentar Apolline o máximo possível. Uma estratégia que tivera seus frutos.

Ao terminar a leitura do post, pensei comigo mesmo que a descoberta do passado criminal de Apolline Chapuis talvez acalmasse os ânimos. Talvez seu assassinato não tivesse nenhuma relação com Beaumont, nem com seus habitantes. Talvez sua morte tivesse acontecido em outro lugar. Perguntei-me o que Karim Amrani teria feito ao sair da cadeia. Teria voltado ao crime? Teria tentado entrar em contato com a antiga cúmplice? Era ele quem, no passado, exercia um domínio sobre Apolline, ou as coisas eram mais complexas? Eu me perguntava principalmente se seria possível que, vinte anos depois, o obscuro passado de Apolline tivesse voltado a ela como um bumerangue.

Peguei o computador ao pé da cama e fiz umas anotações para o meu romance. Desde a véspera eu escrevia com frenesi, as páginas se enchiam sozinhas. Eu não sabia se o que escrevia valia alguma coisa, mas sabia que o destino me colocara no caminho de uma história que deveria ser contada por alguém. Uma história real mais forte que a ficção e, eu pressentia, que apenas começava. Por que eu estava tão convencido de que a morte de Apolline era apenas a ponta de um iceberg ainda amplamente submerso? Talvez a agitação das pessoas me parecesse suspeita, como se a ilha carregasse um segredo e não estivesse disposta a revelá-lo. De qualquer forma, eu definitivamente me tornara um personagem de romance, como nos livros que lia quando criança, em que era o herói.

Essa sensação se acentuou ainda mais no minuto seguinte. Meu telefone tocou e um número desconhecido apareceu – mas o código indicava um número da ilha.

Quando atendi, reconheci na mesma hora a voz de Nathan Fawles.

Ele me pedia para ir à casa dele.

Imediatamente.

3.

Dessa vez, Fawles não me recebeu a tiros de espingarda, mas com uma xícara de café. A casa, por dentro, era exatamente como eu imaginava: espartana e, ao mesmo tempo, espetacular, mineral e calorosa. A casa perfeita para um escritor. Eu podia imaginar sem dificuldade figuras como Hemingway, Neruda ou Simenon escrevendo ali. Ou mesmo Nathan Fawles...

De jeans, camiseta branca e blusão com zíper, ele dava de beber para seu cachorro, o golden retriever de pelo claro. Sem o chapéu panamá e os óculos de sol, finalmente pude ver seu rosto. Para falar a verdade, ele não parecia muito mais velho do que nas fotografias do final dos anos 1990. Fawles era de estatura mediana, mas tinha uma presença forte. Seu rosto era bronzeado, seus olhos eram claros como um mar translúcido visto de longe. Sua barba de três dias e seus cabelos puxavam mais para o grisalho do que para o branco. Algo inapreensível e misterioso emanava de sua pessoa. Uma força grave e solar. Um brilho sombrio do qual eu não sabia se devia desconfiar ou não.

— Vamos nos sentar lá fora — ele sugeriu, pegando uma pequena maleta de couro gasto que estava numa poltrona Eames que devia ter o dobro de minha idade.

Segui-o até o terraço. O ar continuava frio, mas o sol estava mais alto. Na extremidade esquerda, onde Fawles montara guarda na primeira vez que nos vimos, as lajes davam lugar a uma área de terra batida à frente das rochas. Fixada no chão sob três imensos pinheiros-mansos, uma mesa de pés metálicos era cercada por dois bancos de pedra.

Fawles me convidou a sentar e ocupou o lugar à minha frente.

— Vou direto ao ponto — ele disse, fixando os olhos nos meus. — Pedi que viesse porque preciso de você.

— De mim?

– Preciso de sua ajuda.

– De minha ajuda?

– Pare de repetir tudo o que digo, é irritante. Preciso que faça uma coisa para mim, entendeu?

– Que coisa?

– Uma coisa importante e perigosa.

– Mas... se é perigosa, o que ganho em troca?

Fawles colocou a pasta em cima da mesa de ladrilhos de cerâmica.

– Você ganha o que está dentro dessa maleta.

– Não estou nem aí para o que está dentro dessa maleta.

Ele ergueu os olhos para o céu.

– Como pode dizer que não está nem aí se nem sabe o que ela guarda?

– O que quero é que você leia meu manuscrito.

Tranquilamente, Fawles abriu a maleta e pegou o romance que eu lhe jogara durante nosso primeiro encontro.

– Li seu texto, rapazinho! – ele disse, com um sorriso nos lábios.

Ele me passou o manuscrito de *A timidez dos cimos*, visivelmente satisfeito de ter me enganado.

Febrilmente, folheei o texto. Estava cheio de anotações. Além de ter lido meu romance, Fawles o havia corrigido em profundidade, dedicando um bom tempo à tarefa. De repente, senti uma onda de angústia. Eu tinha conseguido superar as recusas das editoras e as palavras condescendentes de um imbecil como Bernard Dufy, mas seria capaz de me recuperar do sarcasmo de meu ídolo?

– O que achou? – perguntei, paralisado.

– Francamente?

– Francamente. Um lixo?

Sádico, Fawles tomou um gole de café e tomou todo seu tempo para responder:

– Em primeiro lugar, gosto muito do título, de sua sonoridade, de seu simbolismo...

Tranquei a respiração.

– Em segundo, preciso reconhecer que está bem escrito...

Soltei um suspiro de alívio, embora eu soubesse que, para Fawles, "bem escrito" não necessariamente fosse um elogio, o que ele logo tratou de esclarecer:

– Eu diria até que foi escrito bem demais.

Ele pegou o manuscrito e o folheou:

– Notei que pegou de mim dois ou três tiques de escrita. Bem como de Stephen King, Cormac McCarthy e Margaret Atwood...

Eu não sabia se devia responder alguma coisa. O barulho das ondas, na base da falésia, subia até nós com uma força que me dava a impressão de estar no convés de um navio.

– Mas não faz mal – ele retomou –, é normal termos modelos, no início. No mínimo, prova que você leu bons livros.

Ele continuou virando as páginas para rever suas anotações.

– Há reviravoltas, os diálogos são bem estruturados, às vezes engraçados, e não posso dizer que fiquei entediado...

– Mas?

– Mas senti falta do essencial.

Ah, demorou...

– E o que é essencial? – perguntei, bastante contrariado.

– O que acha?

– Não sei. Originalidade? Ideias novas?

– Não, não estamos nem aí para as ideias, elas estão em toda parte.

– A mecânica da história? A combinação de um bom enredo com personagens interessantes?

– Deixe a mecânica para os engenheiros. E as combinações para os matemáticos. Não é isso que o tornará um bom romancista.

– As palavras certas?

– As palavras certas são úteis em conversas – ele zombou. – Mas qualquer um pode trabalhar com um dicionário. Pense um pouco, o que é realmente importante?

– O importante é que o leitor goste do livro.

– O leitor é importante, verdade. Escrevemos para ele, concordamos nesse ponto, mas tentar agradar o leitor é a melhor maneira de ele não nos ler.

– Bom, então não sei. O que é essencial?

— O essencial é a seiva que irriga a história. Que deve dominar você e atravessá-lo como uma corrente elétrica. Que deve queimar suas veias a ponto de você não poder fazer outra coisa que não chegar ao fim da história, como se sua vida dependesse disso. Isso é escrever. É isso que faz o leitor se sentir cativado, embevecido, e que o faz se esquecer do mundo e se deixar levar, como você mesmo já se deixou.

Digeri o que ele me disse, depois ousei fazer uma pergunta:

— Concretamente, qual o problema da minha escrita?

— Ela é seca demais. Não sinto urgência. E, o mais importante, não sinto emoções.

— Mas elas estão ali!

Fawles sacudiu a cabeça.

— Falsas. Emoções artificiais, o pior tipo...

Ele estalou os dedos e foi mais específico:

— Um romance é emoção, não intelecto. Mas para despertar emoções é preciso vivê-las. Você precisa sentir fisicamente as emoções de seus personagens. De *todos* os personagens: tanto dos bons quanto dos maus.

— É esse o verdadeiro ofício do romancista? Criar emoções?

Fawles deu de ombros.

— Pelo menos, é o que *eu* espero ao ler um romance.

— Quando vim pedir seus conselhos, por que me respondeu com um "Faça qualquer outra coisa da vida em vez de se tornar um escritor"?

Fawles suspirou:

– Porque não é uma profissão para pessoas mentalmente saudáveis. É para esquizofrênicos. Uma atividade que requer uma dissociação mental destrutiva: para escrever, você precisa estar no mundo e, ao mesmo tempo, fora do mundo. Entende o que quero dizer?

– Acho que sim.

– Sagan foi perfeito ao dizer: "O escritor é um pobre animal, encerrado numa jaula consigo mesmo". Quando escreve, você não vive com sua mulher, com seus filhos ou com seus amigos. Ou melhor, você finge que vive com eles. Sua verdadeira vida é passada com os personagens. Por um ano, dois anos, cinco anos...

Ele se empolgou:

– Romancista não é um emprego de meio período. Quando você é romancista, você o é 24 horas por dia. Nunca tira férias. Está sempre em estado de alerta, sempre à espreita de uma ideia, de uma palavra, de uma característica que possa enriquecer um personagem.

Eu bebia suas palavras. Era incrível vê-lo falar com paixão sobre escrever. Aquele era o Nathan Fawles que eu esperara conhecer na ilha Beaumont.

– Mas vale a pena, Nathan, não?

– Sim, vale a pena – ele respondeu, deixando-se levar. – E sabe por quê?

Dessa vez, sim, eu tinha a impressão de saber:

– Porque, por um momento, nos tornamos Deus.

— Exatamente. É idiota dizer isso, mas por um momento, na frente da tela, você se torna um demiurgo que pode fazer e desfazer vidas. E depois que conhecemos essa euforia nada pode ser mais excitante.

Ele deixou a bola quicando, então emendei:

— Por que parar, então? Por que parou de escrever, Nathan?

Fawles ficou em silêncio e seu rosto endureceu. Seus olhos perderam o brilho. A cor turquesa se tornou quase marinha, como se um pintor tivesse acabado de pingar algumas gotas de tinta preta.

— Puta que o pariu...

Murmurada em voz baixa, a expressão escapou de seus lábios. Alguma coisa se rompera.

— Parei de escrever porque não tinha mais forças, por isso.

— Mas você parece em plena forma. E, na época, tinha apenas 35 anos.

— Estou falando de força psicológica. Perdi a disposição mental, a agilidade psíquica que a escrita exige.

— E por que motivo?

— Isso é problema *meu* – ele respondeu, guardando meu texto na pasta e fechando a lingueta.

Entendi que a *master class* de literatura chegara ao fim e que passaríamos a outra coisa.

4.

– Então, aceita me ajudar, sim ou não?

Severo, Fawles fixou os olhos nos meus e não desviou mais o olhar.

– O que quer que eu faça?

– Primeiro, quero informações sobre uma mulher.

– Quem?

– Uma jornalista que está na ilha. Uma certa Mathilde Monney.

– Sei muito bem quem é! – exclamei. – Eu não sabia que era jornalista. Ela veio à livraria no final de semana. Comprou todos os seus livros!

A informação deixou Fawles sem reação.

– O que quer saber sobre ela, ao certo?

– Tudo o que conseguir descobrir: por que está aqui, o que faz durante o dia, com quem se encontra, que perguntas faz às pessoas.

– Acha que ela está escrevendo um artigo sobre você?

Mais uma vez, Fawles ignorou minha pergunta.

– Depois, quero que você vá ao lugar onde ela está hospedada e que entre em seu quarto...

– Para fazer o que com ela?

– Nada, imbecil! Quero que entre no quarto quando ela não estiver lá.

– Parece um tanto ilegal...

– Se só fizer o que é permitido, nunca será um bom romancista. E nunca será um artista. A história da arte é a história da transgressão.

– Está brincando com as palavras agora, Nathan.
– É o que os escritores fazem.
– Pensei que não fosse mais escritor.
– Um dia escritor, sempre escritor.
– Citação meio fraca para um prêmio Pulitzer, não?
– Cale a boca.
– Bem, e o que devo procurar no quarto dela?
– Não sei ao certo. Fotografias, artigos, eletrônicos...

Ele se serviu de outra xícara de café e tomou-a num só gole, fazendo uma careta.

– Depois, quero que revire a internet para reunir todas as informações que puder sobre Mathilde, e...

Peguei o celular para começar as pesquisas, mas Fawles me deteve:

– Escute, primeiro! E não perca tempo: não tenho wi-fi nem sinal aqui.

Guardei o aparelho como um aluno em falta.

– Também quero que faça buscas sobre dois nomes: Apolline Chapuis e...

Arregalei os olhos, interrompendo-o:

– A mulher assassinada?

Fawles franziu o cenho.

– Do que está falando?

Pela expressão de seu rosto, percebi que o escritor vivia tão solitário que a existência e as circunstâncias do drama que agitava Beaumont havia vários dias não tinham chegado até ele. Coloquei-o a par de tudo o que eu sabia:

o assassinato de Apolline, o corpo congelado, o passado criminoso ao lado de Karim Amrani, o bloqueio da ilha.

Quanto mais informações eu dava, mais o estupor crescia nos olhos e no rosto de Fawles. A inquietação inicial que eu havia detectado ao chegar em sua casa dera lugar a uma completa desorientação e a uma angústia palpável que penetrava todo o seu corpo.

Quando acabei de falar, Fawles estava tonto. Ele precisou de um momento para voltar a si, mas acabou se recobrando. Depois de certa hesitação, foi a vez dele de me passar informações, contando a história que Mathilde Monney narrara na véspera: o incrível percurso daquela máquina fotográfica perdida por Apolline e Karim. Na hora, não entendi muita coisa. A grande quantidade de fatos me impedia de relacionar uns aos outros. Eu tinha muitas perguntas a fazer a Fawles, mas ele não me deu tempo de formulá-las. Assim que acabou de falar, ele me puxou pelo braço e me acompanhou até a porta.

– Vá ao quarto de Mathilde *agora mesmo*!

– Agora mesmo não posso. Preciso voltar ao trabalho na livraria.

– Dê um jeito! – gritou. – Descubra alguma coisa!

Ele fechou a porta com força. Entendi que a situação era grave e que seria bom fazer o que Fawles pedia.

7
O sol por testemunha

Hic Sunt Dragones.

(Aqui há dragões.*)

1.
Ponta sudoeste da ilha.

Mathilde Monney bateu a porta da picape, ligou o motor e deu meia-volta no caminho pedregoso. De fora, o bed & breakfast que a jornalista ocupava lembrava um cottage inglês. Uma casinha enxaimel com telhado de colmo e fachada de pedra calcária coberta por rosas-trepadeiras. Nos fundos, abria-se um jardim selvagem que chegava até uma velha ponte com dois arcos e levava à península Santa Sofia.

Eu tinha ido à costa sul da ilha apenas duas vezes. Na primeira, para ver o mosteiro onde viviam as beneditinas,

---

* Expressão latina utilizada na cartografia medieval para indicar territórios desconhecidos ou perigosos.

na segunda, ao lado de Ange Agostini, no dia em que o cadáver de Apolline foi encontrado perto de Tristana Beach. Quando desembarquei na ilha, Audibert me explicou que, historicamente, aquela parte de Beaumont era a região preferida dos anglófonos. E era justamente com uma velha irlandesa que Mathilde estava hospedada. A casa pertencia há muitos anos a Colleen Dunbar, uma arquiteta aposentada que completava sua renda mensal alugando o quarto do primeiro andar, segundo o modelo bed & breakfast.

Para chegar até lá, troquei a bicicleta – estava exausto da ida à casa de Fawles – por uma scooter elétrica alugada na frente do Ed's Corner e escondi-a atrás de um arbusto. Precisei negociar com Audibert para ter a manhã livre. O livreiro estava cada vez mais inquieto, como se carregasse nos ombros toda a miséria do mundo.

Esperando que o caminho ficasse livre, desci os rochedos num ponto em que eles não mergulhavam tanto na vertical. De meu posto de observação, contemplei a beleza assombrosa daquele canto selvagem, sem perder de vista o cottage. Vinte minutos antes, eu tinha visto a velha Dunbar saindo de casa. Sua filha viera buscá-la de carro para levá-la às compras. Mathilde também se preparava para sair. Sua picape se afastou da propriedade e virou para oeste, num ponto onde a estrada se tornava plana e retilínea. Esperei que estivesse fora de meu campo de visão para sair de meu esconderijo, escalei as rochas e me dirigi ao cottage.

Uma rápida olhada em volta me tranquilizou. Não havia nenhum vizinho ao redor. O mosteiro devia estar a mais de cem metros de distância. Apertando bem os olhos, distingui três ou quatro religiosas trabalhando na horta, mas assim que eu contornasse os fundos da casa elas não poderiam mais me ver.

Para ser sincero, eu não estava muito à vontade com a ideia de fazer algo ilícito. A vida inteira fui um prisioneiro voluntário da *síndrome do bom aluno*. Era filho único de uma classe média em frágil equilíbrio orçamentário. Meus pais sempre investiram muito – tempo, energia e o pouco dinheiro que ganhavam – para que eu fosse bem nos estudos e para que fosse "uma pessoa boa". Desde cedo, fiz de tudo para não os decepcionar e para evitar asneiras. E esse lado escoteiro se tornara uma segunda natureza. Minha adolescência havia sido um longo e tranquilo rio. Eu talvez tivesse fumado três cigarros no pátio da escola aos catorze anos, passado em dois ou três sinais vermelhos com minha scooter, gravado alguns filmes pornôs no Canal+ e quebrado a cara de um sujeito que me derrubara com força no futebol, mas não mais do que isso.

Na faculdade, mesma calmaria. Tive duas bebedeiras, "achei" nas minhas coisas a caneta tinteiro de madeira de um colega da escola de comércio e roubei um Georges Simenon na livraria L'Oeil Écoute do bulevar Montparnasse. A livraria fechou pouco depois, e toda vez que eu passava na frente da loja de roupas que a substituíra perguntava-me se teria algo a ver com aquela falência.

Eu nunca tinha fumado maconha ou usado qualquer tipo de droga – para falar a verdade, não saberia nem como consegui-las. Não era festeiro, precisava de oito horas de sono por noite e fazia dois anos que trabalhava todos os dias, inclusive nos finais de semana e nas férias, escrevendo meu livro ou em empregos que pagassem o aluguel e me permitissem comer. Se vivesse num romance, poderia encarnar à perfeição o personagem do jovem ingênuo e sentimental que amadurece graças às suas investigações e peripécias.

Avancei na direção da porta, tentando parecer tranquilo. Todo mundo me dizia que em Beaumont as pessoas nunca trancavam as portas de casa. Girei a maçaneta, que lamentavelmente nem se mexeu. Mais uma lenda que os habitantes da ilha deviam contar aos turistas ou aos pobres crédulos como eu. Ou talvez a descoberta do cadáver de Apolline a poucos quilômetros dali tivesse levado a jornalista a ser mais precavida.

Eu precisaria entrar arrombando. Olhei para a porta envidraçada da cozinha, mas ela me pareceu de um vidro espesso demais para que eu conseguisse quebrá-la sem me machucar. Voltei para os fundos da casa. Ao longe, as religiosas pareciam ter deixado a horta. Tentei me encorajar. Bastava encontrar um vidro menos resistente e quebrá-lo com uma cotovelada. Num terraço construído às pressas, a irlandesa havia instalado uma singela mesa de teca acinzentada e três cadeiras que o sol, a chuva e a brisa marinha tinham deixado completamente carcomidas. Foi ali, atrás daquela sala a céu aberto, que tive a boa surpresa de ver que um dos batentes da porta-janela ficara aberto. Bom demais para ser verdade?

2.

Entrei na casa. O interior era calmo e superaquecido. Pairava no ar um cheiro morno e adocicado de torta de maçã com canela. A decoração era harmoniosa: ambiente aconchegante estilo *british* com velas em profusão, mantas escocesas, cortinas floridas, tapeçarias românticas e pratos pendurados nas paredes.

Eu estava prestes a subir ao primeiro andar quando ouvi um barulho. Virei-me e vi um dogue alemão vindo em minha direção. Ele parou a menos de um metro, em posição de ataque. Era uma enorme massa de músculos, de pelagem escura e lustrosa, que chegava à altura do meu baixo-ventre. As orelhas estavam em alerta, e ele me encarava com olhos ameaçadores e rosnava assustadoramente. Em volta do pescoço, tinha uma espécie de medalhão no qual se podia ler *Little Max*. Um nome que deve ter sido bonitinho quando ele tinha dois ou três meses, mas que naquele momento parecia bem pouco apropriado. Tentei bater em retirada, mas isso não impediu o cachorro de se precipitar na minha direção. Afastei-me na última hora e corri para a escada, subindo os degraus de três em três, sentido o colosso prestes a cravar os dentes em minha perna. Num último esforço, cheguei ao fim da escada e entrei na primeira peça que encontrei. Fechei a porta atrás de mim, literalmente no focinho do animal.

Enquanto ele a arranhava com latidos furiosos, recuperei o fôlego e tentei me acalmar. Por um golpe de sorte – enfim, maneira de falar, porque afinal eu quase tinha perdido um pé –, vi-me claramente no quarto de Mathilde.

Era uma espécie de JK, com vigas aparentes em madeira clara, assombrado pelo fantasma do estilo Laura Ashley: buquês de flores secas estavam dispostos sobre móveis patinados em tons pastéis, motivos campestres e bucólicos ornavam as cortinas e a colcha. Mas Mathilde havia transformado o bed & breakfast num estranho gabinete de trabalho. Um perfeito *war room* dedicado a uma obsessão: Nathan Fawles.

A poltrona *crapaud* de veludo rosa submergia sob livros e pastas. A mesa principal tinha sido transformada em mesa de trabalho, a linda penteadeira em móvel para a impressora. Enquanto Little Max continuava agitado atrás da porta, comecei a ler os documentos.

Estava claro que Mathilde Monney fazia uma verdadeira investigação sobre Fawles. Não havia um computador em cima da mesa, mas encontrei dezenas de artigos impressos e sublinhados com marca-texto. Eu conhecia aqueles papéis. Eram os que sempre resultavam de uma busca na internet: as mesmas velhas entrevistas dos anos 1990, realizadas antes que Fawles parasse de escrever, dois artigos de referência, um do *New York Times*, de 2010, intitulado "The Invisible Man", e outro da *Vanity Fair* norte-americana de três anos atrás, "Fawles or False? (and Vice Versa)".

Mathilde também tinha sublinhado vários trechos dos três livros do escritor e imprimido várias fotografias de Nathan. Principalmente capturas de tela de sua última participação no programa de Bernard Pivot, *Bouillon de Culture*. Por uma razão que eu ignorava, a jornalista tinha guardado grandes zooms dos... sapatos que Fawles usava durante o programa. Repassei seus papéis com mais atenção. Em sites especializados, Mathilde havia encontrado o modelo exato daqueles sapatos: botas Weston modelo "Cambre 705", de couro marrom e elástico no cano.

Cocei a cabeça. O que era aquilo? A jornalista não estava escrevendo mais um artigo sobre o recluso da ilha Beaumont. A pesquisa que fazia sobre Fawles lembrava uma investigação policial. Mas quais eram suas motivações?

Abrindo as pastas de papelão que se acumulavam sobre a poltrona *crapaud*, fiz outra descoberta: fotografias tiradas com teleobjetiva de um homem que se movimentava por vários lugares. Um magrebino de cerca de quarenta anos, de camiseta e jaqueta jeans. Reconheci o cenário na mesma hora: Essonne, mais especificamente a cidade de

Évry. Impossível se enganar. As fotografias eram suficientemente numerosas. A catedral de arquitetura duvidosa, o centro comercial Évry 2, o parque Coquibus, a esplanada da estação Évry-Courcouronnes. Em meu último ano na escola de comércio, tive uma namorada que morava nessa cidade. Joanna Pawlowski. Terceira princesa do concurso Miss Île-de-France 2014. O rosto mais lindo que se podia imaginar. Grandes olhos verdes, cabelos loiros bem poloneses, suavidade e graça em todos os gestos. Eu com frequência a acompanhava até sua casa depois das aulas. Durante o trajeto interminável – o RER D, saindo da Gare du Nord até Évry –, eu tentava convertê-la à religião da leitura. Eu lhe dava meus livros preferidos – *O romance inacabado, O hussardo no telhado, Bela do Senhor* –, mas nenhum funcionava. Joanna tinha o físico da heroína romântica, tinha tudo menos o romantismo. Eu era um sonhador, ela era pé no chão. Totalmente ancorada à realidade das coisas, ao passo que meu território era o dos sentimentos. Ela me deixou ao mesmo tempo que trocou os estudos pelo emprego numa joalheria de um centro comercial. Seis meses depois, convidou-me para um café e anunciou que ia se casar com Jean-Pascal Péchard – o JPP –, um dos responsáveis pelo setor do hipermercado do mesmo centro comercial. Os poemas que eu continuava escrevendo a ela tinham pouco efeito diante da loja em Savigny-sur-Orge que JPP comprara, endividando-se por 25 anos. Para consolar minha vaidade ferida, disse para mim mesmo que um dia ela se arrependeria, quando me ouvisse falar de meu primeiro romance no programa *La Grande Librairie*. Mas fiquei arrasado. Sempre que pensava em Joanna ou via uma foto dela no meu telefone, eu precisava de um bom tempo para admitir que a delicadeza de seus traços não tinha nada a ver com a delicadeza de seu espírito. Por que os dois estariam ligados, aliás? Era uma falsa evidência que eu devia gravar como tal em meu cérebro para evitar futuros dissabores.

Um latido do dogue alemão atrás da porta me tirou daquele devaneio e me lembrou da urgência da situação. Voltei a mergulhar nas fotos. Tinham a data de 12 de agosto de 2018 impressa junto com a imagem. Quem as havia tirado? Um policial, um detetive particular, a própria Mathilde? E, acima de tudo, quem era aquele homem? De repente, num close em que se via melhor o rosto, eu o reconheci: era Karim Amrani. Com vinte anos e vinte quilos a mais.

Depois da temporada na prisão, o ex-delinquente do bulevar La Chapelle aparentemente vivia em Essonne. Em outras imagens, aparecia falando com mecânicos, entrando e saindo de uma oficina da qual devia ser o gerente ou o proprietário. Ele também teria se redimido, como Apolline? Sua vida também estaria ameaçada? Eu não tinha nem tempo nem elementos para responder a essas perguntas. Hesitei em levar aqueles documentos. Para não deixar vestígios de minha passagem, decidi fotografar os mais importantes com o celular.

As perguntas continuavam fervilhando em minha cabeça. Por que Mathilde se interessava por Amrani? Por causa daquela história de máquina fotográfica, sem dúvida, mas qual a relação com Fawles? Na esperança de descobri-la, antes de sair fiz uma busca mais minuciosa no quarto e no banheiro. Nada embaixo do colchão, nas gavetas ou nos armários. Levantei a tampa do reservatório de água da privada e sondei o piso com o pé – estava instável em alguns pontos, mas não encontrei nada que pudesse servir de esconderijo.

Em compensação, um dos rodapés caiu assim que o toquei. Sem acreditar, agachei-me, passei a mão pela abertura e descobri um espesso pacote de cartas preso por um elástico. Quando fui examiná-las, ouvi um som de motor. Little Max parou de latir à porta e correu escada abaixo. Dei uma olhada através da cortina. Colleen Dunbar e sua filha estavam de volta. Tomado de pressa, dobrei o pacote de cartas e coloquei-o no bolso interno do casaco. Esperei que as duas mulheres saíssem do meu campo de visão e abri a janela que dava para o telhado da garagem. Dali, pulei para a grama e, com as pernas trêmulas, atravessei a estrada correndo para pegar a scooter.

Liguei o motor e ouvi latidos atrás de mim. O dogue alemão começou a correr ao meu encalço. A motinho elétrica se arrastou pelos primeiros metros, chegando com dificuldade aos quarenta por hora, mas uma bem-vinda encosta a fez pegar velocidade e me permitiu mostrar o dedo médio ao cachorro quando o vi desistir, voltando para casa com o rabo entre as pernas.

Fuck you, Little Max...

3.

O sol estava alto e quente no céu, como se o verão tivesse voltado. O vento, morno, tinha perdido a força. Vestindo um short de algodão e uma camiseta do Blondie, Mathilde pulava pelas rochas com facilidade.

A Baía dos Pinheiros era um dos lugares mais extraordinários da ilha. Um pequeno vale, profundo e estreito, escavado numa rocha de brancura ofuscante.

O acesso a ela era difícil e exigia alguns esforços. Mathilde estacionara o carro no aterro da Praia das Ondas, depois pegara o caminho escavado no granito como um labirinto. Levou uma boa hora de caminhada para chegar à baía. Em leve declive, o caminho acompanhava uma costa escarpada e muito recortada, que se abria em panoramas tão selvagens quanto fabulosos.

Depois, a descida para o mar parecia um verdadeiro despenhadeiro. Os últimos metros eram os mais difíceis, talhados a pique, mas o esforço realmente valia a pena. Quando se chegava à praia, tinha-se a impressão de ter chegado ao fim do mundo e ao paraíso perdido: água azul-turquesa, areia amarela, sombra dos pinheiros e cheiro inebriante de eucalipto. Havia inclusive algumas cavernas ali perto, mas era proibido revelar sua existência aos turistas.

Em forma de meia-lua, protegida dos ventos pelas falésias de granito, a praia não era muito extensa. Nos meses de julho e agosto, era possível se sentir sufocado pela grande afluência de banhistas, mas naquela manhã de outubro o lugar estava deserto.

Cerca de cinquenta metros à frente da baía elevava-se uma ilha minúscula, uma ponta que se erguia aos céus e era chamada de Punta dell'Ago. Durante a temporada, adolescentes temerários se aventuravam a escalá-la de pés descalços e mergulhar no mar. Aquele era um dos ritos iniciáticos da ilha.

Atrás dos seus óculos de sol, Mathilde olhava fixamente para o horizonte. Fawles lançara a âncora do barco bem ao lado do pico rochoso. Os cromados da Riva Aquarama e seu casco de mogno envernizado brilhavam sob o sol da tarde. Por pouco não se pensava na Itália da *dolce vita*, ou numa enseada da Saint-Tropez dos anos sessenta.

Ela lhe acenou de longe, mas ele não pareceu disposto a se aproximar da costa para que embarcasse.

Se Maomé não vai à montanha...

Afinal, ela estava de maiô por baixo. Tirou o short e a camiseta, guardou-os na bolsa, que deixou ao pé do rochedo, e levou apenas a pochete à prova d'água que protegia seu celular.

A água estava fria, mas límpida. Ela avançou mar adentro por dois ou três metros, depois mergulhou sem hesitação. Uma onda gelada penetrou seu corpo, mas o frio se atenuou com as braçadas do nado. Ela tinha a Riva Aquarama em vista. Em pé ao volante, com uma camiseta polo azul-marinho e uma calça clara, Fawles acompanhava sua aproximação, de braços cruzados. Sua expressão, velada pelos óculos de sol, era impenetrável. Quando Mathilde estava a poucos metros de distância, ele lhe estendeu a mão, mas pareceu hesitar dois segundos antes de ajudá-la a subir a bordo.

– Por um momento, pensei que fosse tentar me afogar.

– Talvez devesse ter feito isso – ele disse, oferecendo-lhe uma toalha.

Ela se sentou no banco de couro azul-turquesa – o famoso Pantone Aquamarine que dava nome ao barco.

– Que recepção! – ela exclamou, secando os cabelos, o pescoço e os braços.

Fawles caminhou até ela.

– Esse encontro não foi boa ideia. Fui obrigado a usar o barco, apesar do bloqueio.

Mathilde abriu os braços.

– Se veio, é porque ficou curioso com minha história! A verdade tem seu preço!

Fawles estava de mau humor.

– Está se divertindo com tudo isso? – ele perguntou.

– Bem, quer saber o resto da história ou não?

– Se acha que vou implorar para que a conte... Você tem mais vontade de contá-la do que eu tenho de ouvi-la.

– Muito bem. Como quiser.

Ela se preparou para mergulhar, mas ele a segurou pelo braço.

– Chega de infantilidades! Diga o que havia nas fotos encontradas na máquina fotográfica.

Mathilde puxou a alça da pochete impermeável que ela havia colocado em cima do banco. Desbloqueou o celular, abriu o aplicativo de fotos e colocou a luminosidade no máximo antes de mostrar a Fawles as fotografias que havia selecionado.

– Essas são as últimas fotos, datadas de julho de 2000.

Fawles examinou as imagens, passando a tela. Eram exatamente o que ele esperava. Fotografias das férias no Havaí dos dois criminosos que tinham perdido a máquina: Apolline e Karim na praia, Apolline e Karim nos ares, Apolline e Karim bebendo todas, Apolline e Karim fazendo mergulho.

As outras imagens que Mathilde lhe mostrou eram mais antigas; datavam de um mês antes. Fawles abriu-as e elas o atingiram como um soco no estômago. Mostravam uma família de três pessoas festejando alguma data comemorativa. Um homem, uma mulher e o filho de cerca de dez anos. Era primavera, eles tinham jantado num terraço. A noite logo cairia, mas o céu ainda estava rosado. Atrás deles, viam-se árvores, era possível reconhecer os telhados de Paris e os contornos da torre Eiffel.

– Olhe bem para esse garotinho – pediu Mathilde numa voz tensa, escolhendo uma fotografia em close.

Protegendo a tela do sol, Fawles deteve o olhar no menino. Rosto fino, olhos brilhantes atrás de um óculos de armação vermelha, cabelos loiros desalinhados, a bandeira tricolor pintada nas bochechas. Ele usava a camiseta azul da seleção francesa de futebol e fazia com os dedos o V da vitória. Tinha um jeito doce, gentil e alegre.

– Sabe o nome dele? – ela perguntou.

Fawles fez que não com a cabeça.

– Ele se chamava Théo – ela disse. – Théo Verneuil. Estava festejando seu décimo primeiro aniversário naquela noite. Era um domingo, 11 de junho de 2000, a noite da primeira partida da equipe francesa na Eurocopa.

– Por que está me mostrando isso?

– Você sabe o que aconteceu com ele? Cerca de três horas depois que essa fotografia foi tirada, naquela mesma noite, Théo foi assassinado com um tiro nas costas.

4.

Fawles não pestanejou. Ele passou a tela para examinar com mais atenção as fotografias dos pais do garoto. O pai, no auge dos quarenta, o olhar vivo, a pele bronzeada, a mandíbula voluntariosa, tinha uma certa segurança, uma vontade de agir e de seguir em frente. A mãe, uma mulher bonita com um coque sofisticado, parecia mais discreta.

– Sabe quem são? – perguntou Mathilde.

– Sim, a família Verneuil. Falou-se muito do caso à época, lembro bem.

– E do que consegue lembrar, mais exatamente?

Com os olhos apertados, Fawles coçou com o dorso da mão a barba que nascia.

– Alexandre Verneuil era uma figura da medicina humanitária, próximo da esquerda. Fazia parte da segunda onda de *french doctors*. Tinha escrito alguns livros e às vezes aparecia na mídia para falar de bioética ou de ingerência humanitária. Pelo que lembro, foi justamente no momento em que o grande público começava a identificá-lo que ele foi assassinado em casa junto com a mulher e o filho.

– A mulher se chamava Sofia – disse Mathilde.

– Disso não lembro – ele falou, afastando-se. – Mas lembro muito bem que foram sobretudo as circunstâncias do assassinato que chocaram as pessoas. O assassino, ou os assassinos, entraram no apartamento dos Verneuil e mataram a família sem que a investigação jamais tenha conseguido apurar o motivo do crime ou o nome dos culpados.

– Em relação ao motivo, sempre disseram que foi um roubo – disse Mathilde, aproximando-se da proa do barco. – Relógios de valor e joias desapareceram, bem como... uma máquina fotográfica.

Fawles começou a entender.

— Então essa é sua tese: acredita ter encontrado os assassinos da família Verneuil graças a essas fotografias? Acha que Chapuis e Amrani mataram os Verneuil num simples roubo? Que mataram um garoto por uns cacarecos?

— Faz sentido, não? Houve outro assalto no prédio na mesma noite, no andar de cima. O segundo pode ter dado errado.

Fawles se irritou.

— Não vamos retomar as investigações hoje, você e eu!

— E por que não? Na época, Apolline e Karim arrombaram uma cacetada de apartamentos. Ele estava drogado até a medula. Eles precisavam de dinheiro o tempo todo.

— Nas fotos do Havaí, não tenho a impressão de que estivesse especialmente drogado.

— Como acabaram com a máquina fotográfica, se não a roubaram?

— Escute, não dou a mínima para essa história e não vejo como ela pode me dizer respeito.

— Apolline foi descoberta pregada a uma árvore a poucas amarras daqui! Não percebe que o caso Verneuil está ressurgindo aqui, na ilha?

— O que quer de mim?

— Que você escreva o fim dessa história.

Fawles colocou para fora sua exasperação:

— Explique uma coisa! Que prazer sente em remexer essa história remota? Tudo isso porque um velho zé-ninguém do Alabama enviou para você algumas fotografias antigas por e-mail? Sente-se investida de alguma missão?

– Nem um pouco! Apenas gosto das pessoas.

Ele a imitou, forçando a voz:

– "Gosto das pessoas." Ridículo! Já se ouviu falando?

Mathilde contra-atacou:

– O que quero dizer é que não me sinto alheia ao destino de meus semelhantes.

Fawles começou a caminhar pelo barco.

– Nesse caso, escreva artigos para alertar seus "semelhantes" das mudanças climáticas, da poluição dos oceanos, da extinção dos animais selvagens, da degradação da biodiversidade. Avise-os sobre o flagelo das fake news. Valorize o contexto, o distanciamento, a perspectiva. Aborde temas como a educação e a saúde pública, que estão à beira do colapso, o imperialismo das grandes multinacionais, a situação das prisões e...

– Ok, Fawles, captei a ideia. Obrigada pela aula de jornalismo.

– Trabalhe com coisas úteis!

– Fazer justiça aos mortos é útil.

Ele estacou e ameaçou-a com o indicador.

– Os mortos estão mortos. E nessa condição não estão nem aí para seus artiguinhos, acredite. Quanto a mim, eu NUNCA escreverei uma linha sequer sobre esse caso. Nem sobre qualquer outro, aliás.

Exasperado, Fawles se afastou e se sentou no posto de pilotagem. Atrás do para-brisa no formato CinemaScope, perdeu-se na contemplação da linha do horizonte, como se desejasse ardentemente estar a milhares de quilômetros de onde se encontrava.

Mathilde voltou ao ataque, colocando o celular diante dos olhos dele, com a foto de Théo Verneuil na tela.

– Encontrar os culpados de três assassinatos, dentre os quais o de uma criança, o deixa indiferente?

– Sim, porque não sou policial! Quer reabrir uma investigação de quase vinte anos? Mas em nome de quê? Você não é juíza, que eu saiba!

Ele fingiu que batia na testa com a mão e completou:

– Ah, sim, eu ia esquecendo, você é jornalista. Muito pior!

Mathilde ignorou a ofensa.

– Quero que me ajude a desemaranhar os fios dessa história.

– Detesto seus métodos e tudo o que você representa. Estive numa situação vulnerável e você sequestrou meu cachorro para entrar em contato comigo. Vai pagar por isso, odeio gente como você.

– Isso eu já tinha entendido. E pare de se queixar por causa do cachorro! Estou falando de uma criança. Se esse garoto fosse seu filho, você gostaria de saber quem o matou.

– Raciocínio incorreto. Não tenho filhos.

– Não, justamente, você não ama ninguém! Ou melhor, você ama seus personagens, seus pequenos seres de papel saídos diretamente de sua mente. Muito mais confortável.

Ela bateu no próprio rosto.

– Ou não! Nem isso! Porque o Senhor Grande Escritor decidiu parar de escrever. Nem uma lista de compras, não é mesmo?

– Saia do meu barco, sua tola. Suma daqui!

Mathilde não se mexeu nenhum centímetro.

– Nosso trabalho é muito diferente, Fawles. O meu consiste em revelar a verdade. Você não me conhece. Vou conseguir. Vou até o fim.

– Como quiser, não dou a mínima, mas nunca mais volte a se aproximar da minha casa.

Foi a vez de ela ameaçá-lo com o dedo:

– Ah, sim, vou voltar, tem minha palavra. Voltarei e, da próxima vez, você será *obrigado* a me ajudar e a colocar um ponto final nessa história. Obrigado a se confrontar com... como foi mesmo que disse? Ah, sim, com sua *indizível verdade*.

Dessa vez, Fawles explodiu e pulou em cima de Mathilde. O barco oscilou e a jovem soltou um grito. Com toda a força de que era capaz, Fawles a pegou no colo e a atirou ao mar, com telefone e tudo.

Furioso, ele ligou o motor da Riva Aquarama e virou o leme para o *Cruzeiro do Sul*.

8
Toda pessoa é uma sombra

> *Uma pessoa [...] é uma sombra onde jamais podemos penetrar, [...] uma sombra onde podemos alternadamente imaginar, com muita verossimilhança, que brilham o ódio e o amor.*
>
> Marcel Proust

1.
Depois da minha movimentada expedição ao cottage de Colleen Dunbar – que se encerrara com minha vitória sobre Little Max –, voltei à cidade e me refugiei à uma mesa do As Flores do Malte. Evitei a animação do terraço e me sentei na parte de dentro, perto de uma janela de onde podia ver o mar. À frente de um chocolate quente, li e reli as cartas roubadas do quarto de Mathilde. Todas tinham sido redigidas pela mesma pessoa, e meu coração pulou na garganta quando reconheci a letra, inclinada e

fina, de Nathan Fawles. Não tive a menor dúvida, pois vira na internet várias fotografias dos manuscritos de seus romances, que ele havia doado à biblioteca municipal de Nova York.

Havia umas vinte cartas de amor, sem envelope, enviadas de Paris e Nova York. Somente algumas estavam datadas, num período que se estendia de abril a dezembro de 1998. Tinham a assinatura "Nathan" e eram dirigidas a uma mulher misteriosa que não era nomeada. A maioria começava com um "Meu amor", mas numa delas Fawles se referia à letra "S." como sendo a inicial do nome dela.

Precisei interromper a leitura várias vezes. Eu podia simplesmente ler aquelas cartas e penetrar na intimidade de Fawles sem sua autorização? Tudo em mim gritava que não, que eu não podia fazer aquilo. Mas meu dilema moral não durou muito diante da minha curiosidade e da impressão de estar lendo um documento tão único quanto fascinante.

Ao mesmo tempo literária e sentimental, aquela correspondência desenhava o retrato de um homem loucamente apaixonado e de uma mulher sensível, ardente e cheia de vida. Uma mulher da qual Fawles estava visivelmente separado, embora a leitura não informasse os obstáculos que impediam os amantes de se ver com mais frequência.

Consideradas em conjunto, as cartas formavam uma obra de arte híbrida, mistura de literatura epistolar clássica, poesia e relatos ilustrados com pequenas e magníficas aquarelas realizadas em diferentes tons de ocre. Não era uma conversa de verdade. Não era o tipo de carta em que se fala do dia ou do que se comeu na última refeição. Era uma espécie de hino à vida e à necessidade de amar, apesar da dor da ausência, da loucura do mundo e da guerra. O tema da guerra impregnava todos os escritos: a luta, os dilaceramentos, a opressão, mas não ficava claro se Fawles se referia a um conflito armado em curso ou se recorria a uma metáfora.

Em relação ao estilo, o texto estava cheio de brilhantismo, de figuras de linguagem audaciosas, de alusões bíblicas. Revelava uma nova faceta do talento de Fawles. A musicalidade me lembrava Aragon e alguns poemas para Elsa Triolet, ou Apollinaire "no front do exército". A intensidade de algumas passagens me fazia pensar em *As cartas portuguesas*. A perfeição formal me fez inclusive suspeitar que aquelas cartas pudessem ser um mero exercício literário. Aquela S. havia realmente existido ou era apenas um símbolo? A personificação do objeto de amor. O universal que falava a todos os apaixonados.

Uma segunda leitura acabou com essa impressão. Tudo naquelas palavras exalava sinceridade, intimidade, ardor, esperança, planos para o futuro. Embora aqueles impulsos parecessem velados por uma ameaça potencial que planava nas entrelinhas.

Na terceira leitura, teci outra hipótese: S. estava doente. Aquela era a guerra que uma mulher travava contra a doença. Mas natureza e os elementos meteorológicos também desempenhavam um papel importante nas cartas. As paisagens eram contrastantes, ao mesmo tempo precisas e poéticas. Fawles estava associado ao sol e à luz do Sul ou ao céu metálico nova-iorquino. S. estava associada a algo mais triste. Montanhas, um céu de chumbo, temperaturas glaciais, uma "noite precoce que cai sobre o território dos lobos".

Consultei a hora no celular. Eu tinha negociado a manhã com Audibert, mas devia voltar ao trabalho às 14 horas. Repassei as cartas uma última vez, em ordem cronológica, e uma pergunta se impôs: haveria outras cartas ou algo colocara um brusco fim àquela atração física e intelectual? Acima de tudo, eu me perguntava que mulher poderia ter inspirado a Fawles sentimentos tão apaixonados. Eu tinha lido mais ou menos tudo que havia para ler sobre ele, mas mesmo quando Fawles ainda recebia os meios de comunicação nunca revelara muita coisa sobre sua vida pessoal. Uma ideia me ocorreu subitamente: e se Fawles fosse gay? E se S. – o *anjo de cabelos dourados* descrito nas cartas – fosse um homem? Mas não, essa hipótese não resistia às concordâncias gramaticais que remetiam ao feminino.

Meu telefone vibrou em cima da mesa e uma notificação apareceu na tela, avisando-me de uma série de tweets de Lafaury. Ele avaliava novas informações obtidas com suas fontes. Depois de fazer a ligação entre Apolline e Karim, os policiais dirigiram suas investigações a Essonne para interrogar o ex-traficante. Membros da polícia judiciária de

Évry tinham visitado a casa dele, no bairro Épinettes. Além de Karim não estar em lugar algum, os vizinhos diziam não ter notícias suas havia dois meses. Os funcionários da oficina também não o viam fazia tempo, mas, como nenhum deles gostava da polícia, ninguém comunicara o desaparecimento. O último tweet de Lafaury dizia que, durante a busca, vários vestígios de sangue haviam sido encontrados na casa dele. Análises estavam em curso.

Guardei essa informação num canto da mente e voltei às cartas de Fawles. Coloquei-as com cuidado no bolso do casaco e me levantei para ir à livraria. O arrombamento ao quarto de Mathilde Monney fora frutífero. Eu agora estava na posse de um elemento biográfico cujo teor eu era uma das poucas pessoas a conhecer. A revelação desses documentos extraordinários escritos por um autor cultuado causaria, sem sombra de dúvida, um verdadeiro abalo no mundo editorial. No final dos anos 1990, um pouco antes de anunciar sua saída definitiva da cena literária, Nathan Fawles havia vivido uma paixão, um amor que arrastava e consumia tudo à sua passagem. Mas algum acontecimento desconhecido e temível pusera fim à relação e partira o coração do escritor. Depois disso, Fawles colocara sua vida entre parênteses, parara de escrever e aparentemente fechara o coração para sempre.

Tudo levava a crer que aquela mulher, *o anjo de cabelos dourados*, era a chave para o segredo de Fawles. A face oculta de seu silêncio.

Sua *rosebud*.

Seria para recuperar aquelas cartas e preservar seu segredo que Fawles me pedira para investigar Mathilde? Como a jornalista havia conseguido aquela correspondência? Acima de tudo, por que a guardava dentro de um rodapé, como se escondesse dinheiro ou drogas?

2.

– Nathan! Nathan! Acorde!

Eram nove horas da noite. O *Cruzeiro do Sul* estava mergulhado na mais completa escuridão. Depois de apertar a campainha por dez minutos sem resposta alguma, decidi pular o muro da propriedade. Avancei quase de quatro na escuridão sem ousar ligar a lanterna do celular. Eu estava muito nervoso. Pensava que o golden retriever pularia em cima de mim – e já tinha tido minha cota de cachorros pelo dia –, mas o velho Bronco me recebeu como um salvador, guiando-me até seu dono, que jazia no chão do terraço. Em cima das lajes de pedra, o escritor dormia em posição fetal, com uma garrafa de uísque vazia ao lado do corpo.

Fawles tinha bebido até cair.

– Nathan! Nathan! – gritei, sacudindo-o.

Liguei todas as luzes da rua. E voltei até ele. Tinha a respiração pesada e irregular. Lentamente, consegui fazê-lo voltar a si, ajudado por Bronco, que lambia seu rosto.

Fawles acabou se levantando.

– Tudo bem?

– Tudo bem – ele me garantiu, limpando o rosto com o antebraço. – O que está fazendo aqui?

– Tenho coisas para lhe contar.

Ele esfregou as têmporas e as pálpebras.

– Porcaria de dor de cabeça.

Juntei a garrafa vazia.

– Depois de tudo o que bebeu, não era para menos.

Era uma garrafa de Bara No Niwa, uma destilaria japonesa mítica que aparecia em todos os romances de Fawles. A marca interrompera sua produção nos anos 1980. Desde então, a raridade das garrafas restantes tornara seu preço estratosférico. Que desperdício se embebedar com um néctar daqueles!

– O que encontrou na casa da jornalista?

– Você precisa tomar um banho primeiro.

Ele abriu a boca para me mandar à merda, mas acabou mudando de ideia.

– Talvez tenha razão.

Aproveitei sua ida ao banheiro para explorar a sala. Eu não conseguia acreditar que estava conhecendo a intimidade de Fawles. Como se tudo que se referisse a ele tivesse uma dimensão solene. Entre a caverna de Ali Babá e a de Platão, o *Cruzeiro do Sul* tinha para mim uma aura impenetrável e misteriosa.

Na primeira vez que estive ali, fiquei impressionado com a ausência de fotografias, de suvenires, de todas as coisas que lastram um lugar no passado. A casa não era fria, longe disso, mas era um pouco impessoal. O único toque de fantasia era a miniatura de um modelo de carro esportivo. Um Porsche 911 prateado com listras azuis e vermelhas. Eu havia lido num jornal norte-americano que Fawles tivera um carro idêntico nos anos 1990. Um modelo único que o construtor alemão fizera sob medida em 1975 para o maestro Herbert von Karajan.

Depois da sala, explorei a cozinha e abri a geladeira e os armários. Preparei um chá, uma omelete, torradas e uma salada verde. Enquanto isso, tentei consultar meu telefone para saber as novidades da investigação, mas todos os risquinhos do sinal estavam desesperadamente vazios.

Na bancada da cozinha, ao lado do cooktop, avistei um antigo aparelho de rádio como o do meu avô. Liguei o rádio, sintonizado na estação de música clássica, e girei o botão para tentar achar a de notícias. Infelizmente, cheguei ao jornal das 21 horas na RTL bem no fim do programa. Eu estava tentando encontrar a France Info quando Fawles entrou na peça.

Ele tinha trocado de roupa – camisa branca, jeans, óculos de tartaruga –, estava dez anos mais jovem e parecia descansado como se tivesse dormido oito horas.

– Na sua idade, deveria maneirar na bebida.
– Fique quieto.

Com um sinal de cabeça, agradeceu-me por ter preparado o jantar. Ele pegou dois pratos e talheres, que colocou frente a frente no balcão.

"Novos elementos no caso do assassinato da ilha Beaumont...", anunciou o rádio.

Nós dois nos aproximamos do aparelho. Havia de fato duas novidades. E a primeira era assombrosa. Graças a uma denúncia anônima, a polícia judiciária de Évry tinha acabado de encontrar o cadáver de Karim Amrani em algum lugar da floresta de Sénart. O estado de decomposição do corpo indicava uma morte de vários dias. O assassinato de Apolline Chapuis tornava-se de repente muito mais complexo. Na lógica midiática, porém, ele paradoxalmente perdia a singularidade para ser vinculado a um conjunto mais vasto e menos exótico (o submundo do crime, o subúrbio parisiense...). O caso da ilha Beaumont tornava-se, ao menos provisoriamente, o caso Amrani.

A segunda notícia ia nesse mesmo sentido: o prefeito marítimo acabava de decidir pela suspensão do bloqueio da ilha. Uma decisão que, segundo a France Info, seria efetiva a partir da manhã seguinte às sete horas. Fawles não pareceu particularmente afetado por essas notícias. A crise que o mergulhara na bebedeira havia passado. Ele comeu sua metade da omelete enquanto me contava a conversa que tivera com Mathilde à tarde. Fiquei hipnotizado pelo que ele me contava. Eu era jovem demais para ter qualquer lembrança do caso Verneuil, mas tinha ouvido falar a respeito em algum programa de rádio ou televisão que voltava a mistérios do passado. Egoisticamente, vi em tudo aquilo uma excelente matéria romanesca, sem entender o que poderia ter levado Fawles a tamanho desgosto.

— Foi isso que o deixou nesse estado?

— Que estado?

— Aquele em que estava depois de passar a tarde toda bebendo uísque.

— Em vez de ficar falando de algo que não lhe diz respeito, conte o que descobriu no quarto de Mathilde Monney.

3.

Com cautela, comecei a falar da pesquisa que Mathilde parecia estar fazendo, primeiro sobre Karim Amrani, depois sobre ele mesmo. Quando mencionei a foto dos sapatos, ele pareceu realmente desconcertado.

— Essa garota é maluca... Não encontrou mais nada?

— Encontrei, mas temo que não será do seu agrado.

Deixei-o curioso, mas não senti prazer nisso, pois sabia que causaria sofrimento.

— Mathilde Monney tinha algumas cartas.

— Que cartas?

— Cartas suas.

— Nunca lhe escrevi carta alguma!

— Não, Nathan. Cartas que você escreveu para outra mulher há vinte anos.

Tirei o pacote do bolso do casaco e coloquei-o ao lado dos pratos.

Primeiro, ele olhou para as folhas sem ser capaz de apreender de fato sua realidade. Levou um bom tempo para ousar pegá-las. Depois, levou um tempo ainda maior para começar a ler as primeiras linhas. Seu rosto estava lúgubre. Era mais do que estupefação. Era realmente como se Fawles tivesse acabado de ver um fantasma. Pouco a pouco, ele conseguiu se recobrar do choque e recuperou a compostura.

– Você leu?

– Sinto muito, mas li. E não me arrependo. Elas são sublimes. A tal ponto que você deveria autorizar que fossem publicadas.

– Acho que é melhor você ir embora, Raphaël. Obrigado por tudo que fez.

Sua voz vinha de além-túmulo. Levantou-se para me acompanhar, mas nem chegou até a porta e se despediu com um vago aceno. Da entrada, vi que se dirigiu para o bar e se serviu de uma nova dose de uísque, antes de se sentar na poltrona. Depois, seu olhar se turvou e sua mente foi para outro lugar, para a floresta labiríntica do passado e para a dor das recordações. Eu não podia deixá-lo daquele jeito.

– Espere, Nathan. Você já bebeu demais por uma noite! – eu disse, voltando até ele.

Postei-me à sua frente e peguei o copo.

– Me deixe em paz!

– Tente entender o que aconteceu, em vez de fugir para a bebida.

Pouco acostumado a que lhe dissessem o que fazer, Fawles tentou arrancar o copo de minhas mãos. Como resisti, o recipiente escapou e explodiu no chão.

Encaramo-nos como dois idiotas. Não parecíamos ridículos...

Recusando-se a admitir a derrota, Fawles pegou a garrafa de uísque e começou a beber do gargalo.

Ele deu alguns passos para abrir a porta envidraçada do terraço para Bronco e aproveitou para sair e se sentar numa poltrona de vime.

– Como Mathilde Monney conseguiu encontrar essas cartas? É impossível – ele pensou em voz alta.

Em seu rosto, a estupefação dera lugar à preocupação.

– Quem é a mulher para quem você escreveu, Nathan? – perguntei, também saindo para o terraço. – Quem é S.?

– Uma mulher que amei.

– Isso eu imaginei, mas que fim levou?

– Ela morreu.

– Sinto muito, mesmo.

Sentei-me numa das poltronas a seu lado.

– Ela foi friamente assassinada, há vinte anos.

– Por quem?

– Por um canalha da pior espécie.

– Foi por isso que você parou de escrever?

– Sim, como comecei a explicar a você hoje de manhã. Fiquei destruído de tristeza. Parei porque não era mais capaz de encontrar a unidade espiritual necessária à escrita.

Ele olhou para o horizonte, como se buscasse respostas. À noite, quando a superfície da água brilhava sob a lua cheia, a paisagem se tornava ainda mais feérica. Tinha-se realmente a sensação de estar sozinho no mundo.

– Foi um erro parar de escrever – ele retomou, como se tivesse acabado de ter uma súbita revelação. – A escrita estrutura a vida e as ideias, ela organiza o caos da existência.

Uma pergunta me ocorrera fazia algum tempo.

– Por que nunca saiu dessa casa?

Fawles soltou um longo suspiro.

– Comprei o *Cruzeiro do Sul* para essa mulher. Ela se apaixonou pela ilha e por mim ao mesmo tempo. Ficar aqui era o mesmo que ficar com ela.

Mil perguntas me queimavam a língua, mas Fawles não me deu tempo de fazê-las.

– Vou levá-lo de carro – ele disse, levantando-se num pulo.

– Não precisa, vim de scooter. Descanse.

– Como quiser. Ouça, Raphaël, você precisa continuar escarafunchando as motivações de Mathilde Monney. Não sei explicar, mas sinto que ela está mentindo. Alguma coisa não bate.

Ele me estendeu a garrafa de Bara No Niwa, que devia custar o equivalente a um ano do meu aluguel. Tomei um gole no gargalo, para a volta.

– Por que não me conta tudo?

– Porque ainda não conheço toda a verdade. E porque a ignorância é uma espécie de proteção.

– Está mesmo me dizendo isso? Que a ignorância vale mais do que o conhecimento?

– Não foi isso que eu disse e você sabe muito bem, mas acredite na minha experiência: às vezes, é melhor não saber.

9
A morte dos nossos

> *As feridas da vida são incuráveis, não paramos de descrevê-las na esperança de conseguirmos construir uma história que as explique definitivamente.*
>
> Elena FERRANTE

Quinta-feira, 11 de outubro de 2018.

1.
Eram seis horas da manhã. O dia ainda não havia nascido, mas abri a porta da livraria para renovar o ar da loja. Perto da escrivaninha, inspecionei o fundo da lata de café moído. Estava vazia. Devo ter bebido umas dez xícaras ao longo daquela noite de pesquisas. A velha impressora de Audibert também estava prestes a se entregar. Eu tinha utilizado o último cartucho de tinta da reserva para guardar uma

cópia das minhas descobertas mais importantes. Depois, coloquei os documentos e as fotografias no grande mural de cortiça da loja.

Passei a noite vagando de site em site em busca de informações sobre o assassinato dos Verneuil. Consultei os arquivos on-line dos grandes jornais, baixei alguns livros eletrônicos e ouvi trechos de dezenas de podcasts. O vírus do caso Verneuil era contagioso. A história era tão trágica quanto fascinante. No início, pensei que logo teria uma certeza íntima a respeito de tudo, mas depois de uma noite de imersão continuei absolutamente desconcertado. Várias coisas tornavam perturbadora aquela tragédia. Uma delas era o fato de que o assassino ou os assassinos dos Verneuil nunca tinham sido identificados. O crime não era, porém, um obscuro *cold case* provincial dos anos 1970, mas um verdadeiro massacre dentro de Paris, na virada do século XXI. Um massacre que envolvia a família de uma figura pública e que tivera a investigação comandada pela nata da polícia francesa. Estávamos mais próximos de Tarantino do que de Claude Chabrol.

Fiz as contas: eu tinha seis anos na época, portanto nenhuma lembrança de alguma menção ao ocorrido nos jornais. Mas eu tinha certeza de que ouvira alguma coisa mais tarde, talvez durante os anos de colégio ou, mais provavelmente, em alguma edição dos programas *Faites entrer l'accusé* ou *L'Heure du crime*.

Nascido em 1954 em Arcueil, médico especialista em cirurgia do aparelho digestivo, Alexandre Verneuil começou a desenvolver sua consciência política no liceu, nos prolongamentos de Maio de 1968, antes de se aproximar dos jovens rocardianos e de se filiar ao Partido Socialista. Depois de formado, trabalhou no La Salpêtrière e no hospital Cochin. Seu engajamento político se transformou em engajamento humanitário. Sua trajetória se assemelhava à de várias personalidades da época, na confluência entre sociedade civil, ajuda humanitária e mundo político. Trabalhando com a Médicos do Mundo e a Cruz Vermelha francesa, Alexandre Verneuil podia ser encontrado em quase todos os palcos de guerra dos anos 1980 e 1990: Etiópia, Afeganistão, Somália, Ruanda, Bósnia... Depois da vitória dos socialistas nas eleições legislativas de 1997, havia sido nomeado conselheiro de saúde no gabinete da Secretaria de Estado da Cooperação, mas ocupara esse cargo por poucos meses, preferindo voltar a campo, com destaque para o Kosovo. De volta à França no final de 1999, tornara-se diretor da Escola de Cirurgia da Assistência Pública – Hospitais de Paris (AP-HP). Paralelamente às atividades médicas, havia escrito vários livros de peso sobre temas como bioética, ingerência humanitária e exclusão social. Figura respeitada dos direitos humanos, Verneuil também era um excelente frequentador dos meios de comunicação, que adoravam sua combatividade e sua eloquência.

2.

O drama havia acontecido na noite de 11 de junho de 2000, dia da primeira partida da equipe francesa de futebol na Eurocopa. Naquela noite, Verneuil e a mulher Sofia – uma cirurgiã-dentista cujo consultório da Rue du Rocher era um dos mais prósperos de Paris – festejaram os onze anos do filho Théo. A família morava num belo apartamento do XVI arrondissement, no Boulevard de Beauséjour, no segundo andar de um prédio dos anos 1930 que tinha uma bela vista para a torre Eiffel e para o Jardin du Ranelagh. As fotos do menino que vi na internet me perturbaram, pois me fizeram pensar em mim mesmo naquela idade: rosto jovial, dentes separados, cabelo loiro e óculos redondos e coloridos.

Dezoito anos após o ocorrido, a ordem dos fatos ainda era objeto de controvérsia. De que se tinha certeza? De que por volta da meia-noite e quinze, policiais da brigada anticrime (a BAC75 N), chamados por um vizinho do prédio contíguo, entraram na casa dos Verneuil. A porta do apartamento estava aberta. Perto da entrada, tiveram que passar por cima do cadáver de Alexandre Verneuil, que jazia no chão, o rosto quase arrancado por um tiro à queima-roupa. Sua mulher, Sofia, assassinada um pouco mais adiante, estava caída na porta da cozinha, com uma bala em pleno coração. O jovem Théo, por sua vez, tinha sido executado com um tiro nas costas e estava caído no corredor. O horror em estado bruto.

A que horas ocorreu o massacre? Por volta das 23h45. Às 23h30, Alexandre telefonou para o pai para comentar a partida de futebol (vitória de 3 a 0 para a equipe francesa da geração de Zidane sobre a Dinamarca). Ele desligou o telefone às 23h38. O alerta do vizinho foi dado vinte minutos depois. Como confessou, o vizinho demorou para ligar para a polícia porque o contexto festivo ligado à celebração da partida o levara a confundir os tiros com rojões.

A investigação não foi feita de qualquer jeito. Alexandre era filho de Patrice Verneuil, um antigo "grande policial" que havia codirigido a Polícia Judiciária de Paris e que, na época, ainda era alto funcionário do ministério do Interior. Mas as buscas não revelaram muita coisa. Elas descobriram que um arrombamento havia ocorrido na mesma noite no terceiro e último andar do prédio, na casa de um casal de aposentados que estava no sul da França. Elas também haviam constatado o desaparecimento das joias de Sofia Verneuil e da coleção de relógios de seu marido (membro não complexado da "esquerda Rolex", o médico tinha vários relógios de luxo, dentre os quais um modelo Panda "Paul Newman", estimado em mais de 500 mil francos).

A entrada do prédio tinha um sistema de monitoramento, mas a gravação não pôde ser utilizada porque a câmera de segurança estava virada para a parede do hall, sem que ninguém pudesse explicar com certeza se aquilo fora feito de propósito ou por acidente – nem se datava de algumas horas ou de vários dias. A balística identificou a arma utilizada nos crimes: uma espingarda deslizante e cano rajado com balas de calibre 12 (o tipo mais comum), que não foi encontrada. A análise dos cartuchos tampouco permitiu identificar a ligação com alguma arma registrada em outro caso. E o mesmo se deu em relação à análise dos vestígios de DNA, que pertenciam à família ou não correspondiam a nenhum dos perfis das bases de dados. E era isso. Ou mais ou menos.

Depois de consultar aqueles documentos, tomei consciência de ser uma das primeiras pessoas a acessar aquele caso relacionando-o ao potencial papel de Apolline Chapuis e Karim Amrani. Com eles, um novo roteiro se desenhava: os dois criminosos tinham primeiro arrombado o apartamento vazio dos aposentados do terceiro andar e depois haviam descido para visitar o do andar de baixo. Talvez pensassem que a família não estava em casa. Mas Verneuil os surpreendera. Tomado de pânico, Karim, ou Apolline, atirara – um cadáver, dois cadáveres, três cadáveres – e roubara os relógios, as joias e a máquina fotográfica.

A hipótese se sustentava. Todos os artigos que eu havia lido sobre os "*Bonnie and Clyde* de Stalingrad" indicavam que Karim era violento. Ele não hesitara em atirar no gerente de um bar de apostas com uma pistola de chumbinho, e o pobre sujeito perdera um olho na ocasião.

Espreguicei-me na cadeira e bocejei. Antes de tomar uma ducha, ainda me faltava ouvir um podcast: *Affaires sensibles*, um programa da France Inter que dedicara um de seus episódios ao caso Verneuil. Tentei iniciar o programa no computador, mas o leitor ficou girando no vazio.

Merda, a internet caiu de novo…

Era um problema recorrente na casa. Eu precisava subir ao primeiro andar com frequência para reiniciar o modem. O problema é que eram seis horas da manhã, e eu não queria acordar Audibert. Mas decidi correr o risco e subi as escadas em silêncio absoluto. O livreiro dormia com a porta entreaberta. Na sala, liguei a lanterna do celular e fiz o possível para caminhar sem fazer barulho até a mesa onde ficava a central de internet. Desliguei e religuei o modem e saí, tentando não fazer o assoalho ranger.

Um arrepio. Eu tinha visitado aquele cômodo diversas vezes, mas, estranhamente, no escuro ele parecia diferente. Dirigi a lanterna para as prateleiras da biblioteca. Ao lado das edições da Pléiade e das encadernações Bonet-Prassinos havia vários porta-retratos de madeira. Intuição? Instinto? Curiosidade? Aproximei-me para contemplar as fotos de família. Primeiro, imagens de Audibert e de sua mulher, Anita, que, como ele me contara em nossa primeira conversa, morrera de câncer dois anos antes. Vi o casal em diferentes fases da vida. Casamento em meados dos anos 1960, com um bebê de colo que se transformava numa pré-adolescente mal-humorada em outra foto. No início dos anos 1980, o casal posava, todo sorrisos, à frente do capô de um Citroën BX; uma viagem à Grécia dez anos depois, outra a Nova York antes da queda das torres. Dias felizes que só são apreciados depois de passados. Mas foram os dois últimos porta-retratos que me gelaram o sangue. Duas fotografias de família em que reconheci outros rostos.

Os de Alexandre, Sofia e Théo Verneuil.

E o de Mathilde Monney.

3.

O toque do telefone tirou Nathan Fawles de um sono agitado e interrompido. Ele havia dormido no sofá com Bronco a seus pés. O escritor bocejou, levantou com dificuldade e se arrastou até o aparelho.

– Sim?

Sua voz estava apagada, como se suas cordas vocais tivessem enferrujado durante a noite. Seu pescoço estava duro, dolorido, dando-lhe a impressão de que o menor movimento faria seu corpo ranger.

Era Sabina Benoit, a ex-diretora da midiateca da Casa do Adolescente.

– Nathan, sei que é cedo, mas como me pediu para ligar assim que tivesse algo...

– Fez bem – respondeu Fawles.

– Consegui a lista dos alunos que assistiram à sua conferência. De fato, você veio duas vezes, a primeira em 20 de março de 1998, a outra em 24 de junho do mesmo ano.

– E?

– Não havia nenhuma Mathilde Monney entre os participantes.

Fawles suspirou, massageando as pálpebras. Por que a jornalista teria mentido sobre isso?

– A única Mathilde que estava presente se chamava Mathilde Verneuil.

O sangue de Fawles congelou.

– Filha do pobre dr. Verneuil – continuou a bibliotecária. – Lembro bem dela: bonita, reservada, sensível, inteligente... Quem poderia prever, na época, o drama que sua família viveria...

4.

Mathilde era filha de Alexandre Verneuil e neta de Grégoire Audibert! Chocado com essa revelação, fiquei um bom tempo de pé, imóvel na escuridão. Paralisado. Estuporado. Completamente arrepiado.

Eu não podia me contentar com apenas duas fotos. Nas últimas prateleiras da biblioteca, encontrei alguns álbuns. Quatro grandes volumes, com encadernações de tecido, classificados por décadas. Sentei de pernas cruzadas no chão e, à luz da lanterna, comecei a folheá-los, olhando as imagens, passando os olhos nas legendas. O grosso do que descobri concentrava-se em alguns anos. Grégoire e Anita Audibert tiveram uma filha única, Sofia, nascida em 1962, que se casara com Alexandre Verneuil em 1982. Da união haviam nascido Mathilde e Théo, que, durante a infância, frequentavam a ilha Beaumont nas férias.

Como Fawles e eu pudemos deixar isso passar? Eu tinha a impressão de que os artigos que lera não mencionavam a existência de Mathilde. Como estava com o celular na mão, fiz uma verificação digitando palavras-chave no Google. Um artigo do *L'Express* de julho de 2000 mencionava que "aos dezesseis anos, a filha mais velha da família não estava em Paris na noite do drama, pois estudava para o *bac* de francês na casa de uma amiga na Normandia".

Milhares de hipóteses pululavam em minha cabeça. Senti que acabara de dar um passo decisivo na investigação, mas as consequências do que havia descoberto ainda me escapavam. Hesitei em sair dali. De onde estava, ouvi o ressonar compassado de Audibert, que dormia no quarto ao lado. Talvez eu já tivesse brincado demais com a sorte. Mas talvez ainda tivesse outros segredos a descobrir. Arrisquei-me a dar uma espiada no quarto do livreiro. Era um aposento ascético, quase monástico. Perto da cama, sobre uma pequena mesa encostada na parede, um laptop era a única concessão à modernidade. A excitação me fez esquecer a prudência e correr aquele risco. Eu *precisava* saber mais. Aproximei-me da mesa e, quase sem pensar, senti minha mão se fechar sobre o computador.

5.

De volta ao térreo, apressei-me a explorar o conteúdo do laptop. Audibert não era um adepto das tecnologias mais recentes, mas não era tão antiquado quanto gostaria que acreditassem. Seu computador era um bom notebook VAIO do fim dos anos 2000. Eu tinha quase certeza: a senha para desbloqueá-lo devia ser a mesma do PC da livraria. Tentei a sorte e constatei que... estava certo.

O disco rígido estava quase vazio. Eu não tinha a menor ideia do que estava procurando, mas estava certo de que havia mais coisas a descobrir. Nas raras pastas de documentos dormiam uma versão não atualizada da contabilidade da livraria, algumas faturas, um mapa topográfico de Beaumont e arquivos PDF de artigos de jornais sobre o passado criminal de Apolline Chapuis e Karim Amrani. Nada de novo, eu já os tinha lido. Aquilo mostrava apenas que Audibert fizera as mesmas pesquisas que eu. Hesitei em olhar os e-mails e as mensagens do livreiro. Audibert não estava no Facebook, mas tinha criado um perfil para a livraria, que não era atualizado havia mais de um ano. Quanto à biblioteca de fotos, ela era pequena, mas tinha três álbuns com um conteúdo que se revelou explosivo.

Primeiro, inúmeras capturas de tela do site de Apolline Chapuis, depois, em outra pasta, as fotografias de Karim Amrani perambulando em Évry tiradas com teleobjetiva. As mesmas que eu havia encontrado no quarto de Mathilde. Mas eu não estava no fim das minhas surpresas, pois a última pasta continha outras fotos. Primeiro, pensei que se tratasse das que Mathilde mostrara a Fawles: a viagem ao Havaí dos dois criminosos e da noite de aniversário de Théo Verneuil. Visivelmente, porém, Mathilde mostrara ao escritor apenas uma parte das imagens daquela noite. Outras de fato provavam que a jovem estivera presente no aniversário do irmão, na famosa noite em que sua família fora assassinada.

Meus olhos ardiam, minha cabeça zumbia e eu sentia o sangue latejando nas têmporas. Como aquela informação podia ter escapado aos investigadores? Fui invadido por um estranho tipo de angústia, incapaz de tirar os olhos da tela que me machucava os olhos. Aos dezesseis anos, Mathilde aparecia nas fotos como uma jovem bonita e um pouco frágil, alheia, o sorriso forçado, o olhar melancólico e fugidio.

As teorias mais disparatadas me passaram pela cabeça. Na mais trágica, Mathilde assassinava a própria família. A última foto do álbum digital me revelou outra surpresa. Ela datava de 3 de maio de 2000 – sem dúvida durante o feriadão de 1º de maio. Vi Mathilde e Théo posando com os avós na frente da Rosa Escarlate.

Preparei-me para desligar o computador, mas, num último impulso, abri a lixeira. Ela continha dois arquivos de vídeo que transferi para a área de trabalho e, depois, para o meu pen drive. Conectei meus fones de ouvido e iniciei o vídeo.

O que descobri me gelou o sangue.

6.

Sentado na cozinha, com os cotovelos apoiados em cima da mesa, a cabeça entre as mãos, Fawles pensava nas consequências do que Sabina Benoit lhe revelara. Monney devia ser um pseudônimo. Mathilde Monney não era suíça e se chamava Mathilde Verneuil. Se ela de fato fosse filha de Alexandre Verneuil, tudo o que acontecera na ilha nos últimos dias adquiria um novo sentido.

Devido à sua aversão pelos meios de comunicação, Fawles fora pego de surpresa. O fato de Mathilde ser jornalista o havia perturbado e induzido ao erro desde o início. Na verdade, Mathilde estava na ilha por uma simples razão: vingar o assassinato de sua família. A hipótese de que tivesse matado Karim e Apolline – que ela havia identificado como os assassinos de seus pais – era muito plausível.

Dezenas de imagens, de recordações, de sons dissonantes passavam pelo cérebro de Fawles. No meio daquele fluxo errático, uma imagem se fixou. Uma das fotografias da noite de aniversário, que Mathilde lhe mostrara no barco: Verneuil, a mulher e o pequeno Théo posando no terraço, com a torre Eiffel de fundo. Uma obviedade o fulminou: se aquela fotografia existia, era porque tinha sido tirada por alguém. E havia grandes chances de que esse alguém fosse Mathilde. Na noite do massacre, ela também estava no apartamento familiar.

De repente, Fawles se sentiu invadido por um frio atroz. Ele entendeu *tudo* e se sentiu em grande perigo.

Rapidamente, levantou-se para ir à sala. Ao fundo da peça, ao lado das prateleiras metálicas que serviam para guardar a lenha, ficava o móvel talhado em madeira de oliveira, onde ele guardava a espingarda. Ele abriu o armário e constatou que a arma não estava mais ali. Alguém pegara a espingarda ornada com o Kuçedra. A arma maldita, causa de todos os males, que estava na origem de todos os seus sofrimentos. Ele se lembrou então de uma velha regra da escrita: quando um romancista menciona a existência de uma arma no início do relato, é porque um tiro obrigatoriamente será dado e um dos protagonistas morrerá ao fim da história.

Como acreditava nas regras da ficção, Fawles teve certeza de que morreria.

Naquele dia.

7.

Iniciei o primeiro vídeo. Com cinco minutos de duração, devia ter sido filmado com um celular, num lugar que parecia uma casa ou um prédio.

– Piedade! Não sei de nada... Nada além do que já disse!

Com as mãos presas por algemas, os braços mantidos acima da cabeça, Karim estava deitado numa espécie de mesa baixa e inclinada.

Pelo rosto inchado e a boca sangrando, adivinhava-se que acabara de receber uma surra. O homem que fazia o interrogatório era um sujeito alto que eu nunca tinha visto na vida. Cabelos brancos e envergadura impressionante, usava uma camisa quadriculada, uma jaqueta Barbour e uma boina xadrez.

Aproximei-me da tela para enxergá-lo melhor. Que idade teria? No mínimo 75 anos, a crer nas rugas do rosto e na aparência geral. Com uma barriga enorme, tinha dificuldade para se locomover, mas sua força de touro arrastava tudo ao passar.

– Não sei de nada! – gritou Karim.

O velho dava a impressão de não estar ouvindo. Ele saiu do campo de visão da câmera por alguns segundos e voltou com uma toalhinha com a qual cobriu o rosto do ex-traficante. Depois, com o esmero de um torturador experiente, começou a derramar água no pano.

A triste técnica do afogamento simulado.

Era impossível ver aquele filme. O velho estava afogando Karim. Seu corpo se distendia, se deformava, se retorcia em convulsões. Quando ele finalmente tirou o pano, pensei que Karim não voltaria. Uma mistura de bolhas, espuma e bile saiu de sua boca, como um gêiser. Ele ficou inerte por um momento, depois vomitou e murmurou:

– Eu... contei tudo, merda...

O velho inclinou a mesa baixa e cochichou alguma coisa no ouvido de Karim:

– Então comece tudo de novo.

O homem estava no limite de suas forças. Vi terror em seus olhos.

– Não sei mais nada...

– Então sou eu que vou recomeçar!

E o velho voltou a pegar a toalha.

– Não! – gritou Karim.

Do jeito que pôde, ele recuperou o fôlego e tentou reunir as ideias.

– Naquela noite, 11 de junho de 2000, Apolline e eu fomos ao XVI arrondissement, ao número 39 do Boulevard de Beauséjour, para roubar o velho casal do terceiro andar. Recebemos a informação de que eles não estariam no apartamento.

– Quem passou essa informação?

– Não lembro mais, meu pessoal da época. Os velhos eram ricos, mas a maior parte do dinheiro e das joias estava num cofre dentro de uma parede de concreto. Não pudemos levá-lo.

Ele falava rápido, num tom monocórdio, como se já tivesse contado essa história um número incontável de vezes. Sua voz parecia alterada pelo nariz quebrado, e sangue escorria de suas pálpebras inchadas por hematomas.

– Pegamos alguns objetos, coisas fáceis de repassar. Depois, quando estávamos quase saindo, ouvimos tiros no andar de baixo.

– Quantos?

– Três. Ficamos preocupados e nos escondemos num dos quartos. Esperamos um bom tempo, divididos entre o medo dos policiais que logo chegariam e o medo da pessoa que estava fazendo um massacre no segundo andar.

– Vocês não viram quem era?

– Não! Estávamos mortos de medo, estou dizendo. Esperamos vários minutos antes de ousar descer. Tentamos fugir pelo telhado, mas o acesso estava fechado. Então fomos obrigados a usar as escadas.

– E depois?

– No segundo andar, Apolline continuava morta de medo. Eu já estava bem melhor. Tinha cheirado uma carreira no quarto dos velhos. Estava completamente drogado, quase eufórico. Chegando à porta, coloquei a cabeça para dentro. Parecia uma carnificina. Havia sangue por toda parte e três cadáveres no chão. Apolline soltou um grito e foi me esperar no estacionamento do subsolo.

– Não se preocupe, vamos interrogar sua amiga.

– Ela não é minha amiga. Não nos falamos há dezoito anos.

– O que você fez no apartamento dos Verneuil?

– Eles estavam mortos, eu já disse. Passei pela sala e pelos quartos. E roubei tudo que podia: relógios de luxo, muito dinheiro, joias, uma máquina fotográfica... Depois fui até Apolline. Viajamos para o Havaí algumas semanas depois e foi lá que perdemos a maldita máquina.

– Sim, que idiotice – pareceu aprovar o velho.

Ele soltou um longo suspiro e subitamente deu um soco nas costelas de Karim.

– O pior foi que, naquele dia, a máquina fotográfica não foi a única coisa que você perdeu: foi sua vida.

E atirou-se sobre o prisioneiro, os punhos enormes atingindo Karim com uma força inacreditável.

Horrorizado, tive a impressão de que o sangue respingaria em meu rosto. Virei os olhos. Eu batia os dentes como se estivesse com febre. Meu corpo todo tremia. Quem era aquele homem capaz de matar com as próprias mãos? Qual a origem de sua loucura?

O ar estava gelado. Levantei-me para fechar a porta da livraria. Pela primeira vez na vida senti-me fisicamente correndo risco de morte. Hesitei um momento em fugir com o computador, mas a curiosidade me levou a voltar para a mesa e iniciar o segundo vídeo.

Esperei que fosse menos horrível, mas me enganei. Deparei-me com a mesma cena de tortura extrema levando à morte. Dessa vez, Apolline fazia o papel da vítima, e no papel do algoz, um homem que só vi de costas. Com um impermeável escuro, ele parecia mais jovem e menos maciço do que o assassino de Karim. O filme tinha uma qualidade pior, sem dúvida devido ao lugar fechado, iluminado por uma lâmpada fraca. Um antro sujo e escuro, onde distinguiam-se paredes cinza de pedras aparentes.

Amarrada a uma cadeira, Apolline tinha o rosto ensanguentado, dentes quebrados e um olho roxo. Armado com um atiçador de fogo, seu agressor sem dúvida já a torturava por um bom tempo. O filme era curto, e o relato da mulher dava a impressão de continuar o de Karim.

– Eu estava morta de medo, estou dizendo! Não entrei no apartamento dos Verneuil. Corri direto para o estacionamento do subsolo e esperei Karim.

Ela fungou e balançou a cabeça para tirar uma mecha de cabelo colada pelo sangue que escorria de seus olhos.

– Eu tinha certeza de que os policiais iam aparecer. Eles deviam estar chegando, inclusive. O estacionamento estava completamente escuro. Fiquei toda encolhida entre uma coluna de concreto e uma caminhonete. De repente, um farol se acendeu e um carro chegou do nível inferior.

Apolline soluçava, enquanto o homem do atiçador a incitava a continuar.

– Era um Porsche cinza, com listras vermelhas e azuis. Ele ficou estacionado uns bons trinta segundos na minha frente, pois o portão automático tinha estragado e ficou parado no meio do caminho.

– Quem estava dentro do Porsche?

– Havia dois homens.

– Dois? Tem certeza?

– Absoluta. Não vi o rosto do passageiro, mas o homem que estava ao volante desceu para destravar o portão.

– Você o conhecia?

– Não pessoalmente, mas já o tinha visto numa entrevista na televisão. Tinha lido um de seus livros também.

– Um de seus livros?

– Sim, era o escritor Nathan Fawles.

A INDIZÍVEL VERDADE

10
Os escritores contra o resto do mundo

A única salvação dos vencidos é não esperar nenhuma.

Virgílio

1.
Era o escritor Nathan Fawles.

Essas tinham sido as últimas palavras de Apolline antes de morrer. O vídeo continuava por mais alguns segundos, até que ela entrava em coma e sucumbia a um último golpe do atiçador.

Para além da revelação propriamente dita – que me mergulhou numa terrível perplexidade –, uma pergunta mais urgente me preocupava: o que aqueles filmes estavam fazendo no computador de Audibert?

Cada vez mais febril, apesar do horror da cena, assisti de novo ao vídeo da execução de Apolline. Dessa vez, tirei os fones para me concentrar no cenário. *Aquelas paredes de pedra...* Eu tinha visto algo parecido ao descer as caixas de livros com o monta-cargas até o subsolo da Rosa Escarlate. Ou talvez estivesse imaginando coisas...

A chave do porão estava no molho de chaves da livraria. Eu tinha descido até lá umas duas ou três vezes, mas não notara nada de particularmente suspeito.

Apesar do medo, decidi visitá-lo outra vez. Mas não pelo monta-cargas, que fazia um barulho infernal. Saí para o pequeno pátio interno onde o alçapão que permitia chegar ao porão se abria para uma escada de madeira extremamente íngreme. Já nos primeiros degraus, senti um desagradável cheiro de umidade.

Chegando lá embaixo, acendi a luz fluorescente que emitia um brilho oscilante e só revelou estantes cheias de teias de aranha e caixas de papelão cheias de livros que logo mofariam. O tubo fluorescente crepitou alguns segundos e se apagou com um ruído seco.

Merda...

Peguei o celular para usar a lanterna, mas tranquei o pé num velho aparelho de ar-condicionado enferrujado no chão. Caí no cimento e rolei no pó.

Parabéns, Rafa...

Juntei o celular e me levantei, entrando na escuridão. Estreito e comprido, o porão era muito maior do que eu havia imaginado. No fundo da peça, distingui um som de ventoinha, como o de um aquecedor ou de um depurador de ar. O zumbido vinha de um emaranhado de canos que desaparecia atrás de três painéis de madeira, empilhados uns sobre os outros contra a parede.

Perguntei-me onde levavam aqueles canos. Depois de lutar com os painéis por um minuto, consegui movê-los e descobri um outro acesso. Uma espécie de painel metálico móvel que lembrava a abertura lateral de um gigantesco forno. A porta estava protegida por uma fechadura, mas a chave também estava no imponente molho do livreiro.

Com as pernas tremendo, entrei e cheguei numa estranha sala que abrigava uma bancada de faz-tudo e um congelador com cadeado. Em cima da mesa de trabalho, vi o atiçador de fogo que identificara no vídeo, um martelo enferrujado com pontas afiadas, uma marreta de madeira escura, goivas de esculpir pedra...

Senti um aperto no peito. Todo o meu corpo começou a tremer. Quando abri o frigorífico, não pude conter um grito. O interior estava pintado de vermelho.

Essa gente é maluca.

Bati em retirada e subi o mais rápido possível para o pátio.

Audibert torturara Apolline Chapuis até a morte, e sem sombra de dúvida também me mataria se eu não sumisse dali. De volta à livraria, ouvi o assoalho ranger no primeiro andar. O livreiro tinha acabado de acordar. Ouvi sons de passos, depois um rangido na escada. *Merda...* Em questão de segundos, guardei o computador de Audibert na mochila, bati a porta e subi na scooter.

2.

O céu estava zebrado de faixas de nuvens atravessadas pela luz da aurora. A estrada que costeava o mar estava deserta. Um cheiro de iodo subia do mar e se misturava ao de eucalipto. Eu tinha enchido o tanque – o que queria dizer que meu veículo, empurrado pelo vento, chegava com dificuldade a 45 quilômetros por hora. A cada dois minutos, eu lançava olhares inquietos para trás. Nunca sentira tanto medo na vida. Eu tinha a impressão de que Audibert poderia surgir a qualquer momento, que apareceria na Strada Principale, com seu atiçador, para acertar as contas comigo.

O que fazer? Meu primeiro reflexo tinha sido o de me refugiar na casa de Nathan Fawles. Mas eu não podia fingir que não tinha visto as acusações de Apolline Chapuis no vídeo.

Eu era um alvo fácil de manipular. Sempre soubera que Fawles não me contara tudo o que sabia sobre aquele caso – e ele mesmo nunca tentara me fazer pensar o contrário. Indo a seu encontro, eu talvez estivesse indo direto para a toca do lobo. Lembrei da espingarda com cano rajado que ele mantinha ao alcance da mão. Era bem possível que aquela fosse a arma que servira para matar os Verneuil. Por cinco longos minutos, senti que perdia todas as referências, depois voltei a mim. Embora minha mãe repetisse que eu não devia confiar em ninguém, sempre fiz o exato oposto de seu conselho. Minha ingenuidade tinha me pregado algumas peças ao longo da vida e eu tinha me arrependido algumas vezes, mas senti a íntima convicção de que perder aquela candura seria o mesmo que perder a mim mesmo. Decidi manter-me fiel à minha primeira intuição, portanto: o homem que havia escrito *Loreleï Strange* e *Os fulminados* não podia ser um filho da puta.

Quando cheguei ao *Cruzeiro do Sul*, Fawles parecia acordado há um bom tempo. Vestia um blusão de gola alta escuro e um casaco de camurça. Muito calmo, entendeu imediatamente que algo muito grave acontecera.

— Você precisa ver isto! — eu disse, sem lhe dar sequer o tempo de me reconfortar.

Tirei o computador de Audibert da mochila e mostrei os dois vídeos. Fawles viu-os sem demonstrar a menor emoção, mesmo quando Apolline citou seu nome.

— Sabe quem são os dois homens que torturam Chapuis e Amrani?

— O primeiro, não faço a menor ideia. O segundo é Grégoire Audibert. Encontrei no porão o congelador onde ele guardou o corpo de Apolline.

Fawles continuou impassível, mas senti que estava abalado.

— Sabia que Mathilde era neta de Audibert e filha de Alexandre Verneuil?

— Fiquei sabendo há uma hora.

— Nathan, por que Apolline o acusou?

– Ela não me acusou. Disse apenas que me viu num carro na companhia de outro homem.

– Que homem? Diga apenas que é inocente e acreditarei em você.

– Não matei os Verneuil, juro.

– Mas esteve no apartamento naquela maldita noite?

– Sim, estive, mas não os matei.

– Explique-se!

– Um dia, contarei tudo em detalhe, mas não agora.

Subitamente nervoso, Fawles remexia um pequeno controle remoto – do tamanho de um controle de garagem – que acabara de tirar do bolso.

– Por que não agora?

– Porque você corre grande perigo, Raphaël! Não estamos num romance, garoto. Não estou falando da boca para fora. Apolline e Karim estão mortos e seus assassinos continuam em liberdade. Por algum motivo que eu ignoro, o caso Verneuil voltou à tona. E nada de bom pode resultar daquela tragédia.

– O que devo fazer?

– Sair da ilha. Imediatamente! – ele disse, olhando para o relógio. – O ferryboat retomará as atividades às oito horas. Vou levá-lo até lá.

– Está falando sério?

Fawles apontou para o computador.

– Você viu os vídeos, como eu. Essas pessoas são capazes de tudo.

– Mas...

– Rápido! – ele ordenou, puxando-me pelo braço.

Escoltado por Bronco, segui o escritor até o carro. O Mini Moke – que ficara várias semanas sem uso – recusou-se a funcionar. Quando pensei que Fawles tinha afogado o motor, ele insistiu mais uma vez e o carro pegou. Bronco saltou na traseira e o conversível sem portas – que achei de um desconforto absoluto – avançou pelo caminho de chão batido que atravessava a floresta antes de chegar à estrada.

O trajeto até o ferryboat foi penoso. As tímidas cores do amanhecer tinham deposto as armas diante da força do céu cinzento, que estava cheio de nuvens escuras, como se tivesse sido pintado a carvão. O vento também tinha se erguido, golpeando nosso pobre para-brisa com suas rajadas. Não era o vento leste, úmido e suave, nem o familiar mistral que varria as nuvens para dar lugar ao céu azul. Era um vento glacial e cortante, vindo do polo, que trazia consigo raios e trovões: o mistral negro.

No porto, tive a impressão de estar numa cidade fantasma. Uma espessa neblina pairava acima dos paralelepípedos. Fitas nacaradas e vaporosas envolviam o mobiliário urbano e afogavam os cascos dos navios. Um verdadeiro nevoeiro. Fawles estacionou o Mini Moke à frente da guarita da capitania do porto e foi pessoalmente comprar minha passagem. Depois, ele me acompanhou até o ferry.

– Por que não vem comigo, Nathan? – perguntei, subindo no convés do barco. – Você também corre perigo, não é mesmo?

Sozinho no cais com seu cachorro, ele evitou minha pergunta, sacudindo a cabeça.

– Cuide-se, Raphaël.

– Venha comigo! – implorei.

– Impossível. Aquele que acendeu o fogo é que deve apagá-lo. Preciso colocar um ponto final numa coisa.

– Que coisa?

– Nos danos da máquina monstruosa que coloquei em marcha há vinte anos.

Ele me saudou com a mão e eu entendi que não me diria mais nada. Enquanto eu o contemplava afastando-se com o cachorro, senti um arrepio inesperado e uma grande tristeza, pois algo me dizia que seria a última vez que veria Nathan Fawles. No entanto, ele voltou rapidamente. Olhou-me nos olhos com bondade e, para minha grande surpresa, estendeu-me o manuscrito corrigido do meu romance, que estava enrolado para caber no bolso do casaco.

– Sabe, *A timidez dos cimos* é um bom romance, Raphaël. Mesmo sem minhas correções, merece ser publicado.

– Não foi o que disseram os editores que o leram.

Ele sacudiu a cabeça e soltou um suspiro cheio de desprezo.

– Os editores... Editores são pessoas que gostariam que você ficasse grato por eles dizerem em duas frases o que pensam do seu livro, enquanto você penou dois anos para colocá-lo de pé. Pessoas que almoçam até as três da tarde nos restaurantes de Midtown ou de Saint-Germain-des-Prés enquanto você estraga os olhos na frente de uma tela, mas que ligam para você todos os dias quando você demora para assinar o contrato. Pessoas que gostariam de ser Max Perkins ou Gordon Lish, mas que nunca serão mais do que eles mesmos: gestores da literatura que leem nossos textos através do prisma de uma planilha do Excel. Pessoas para quem nunca trabalhamos rápido o suficiente, que nos infantilizam, que sempre sabem melhor do que nós o que os outros querem ler ou o melhor título e a melhor capa. Pessoas que, depois que você conhece o sucesso, quase sempre *apesar* delas, dizem a todo mundo que "criaram" você. As mesmas pessoas que diziam a Simenon que Maigret era "de uma irritante banalidade" ou que recusaram *Carrie*, *Harry Potter* e *Loreleï Strange*...

Interrompi Fawles em sua diatribe.

– *Loreleï Strange* foi recusado?

– Nunca me vangloriei disso, mas sim. *Loreleï* foi recusado por catorze agentes e editoras. Inclusive por aquela que acabou por publicá-lo mais tarde, graças ao trabalho de Jasper van Wyck. É por isso que não se deve atribuir importância demais a essa gente.

– Nathan, quando essa história tiver acabado, você me ajuda a publicar *A timidez dos cimos*? Você me ajuda a me tornar um escritor?

Pela primeira (e última) vez, vi Fawles sorrir francamente, e o que ele me disse confirmou a primeira impressão que sempre tive de sua pessoa.

– Você não precisa da minha ajuda, Raphaël. Você *já é* um escritor.

Ele me fez um aceno amigável, levantando o polegar na minha direção, me deu as costas e voltou para o carro.

3.

O nevoeiro se tornava cada vez mais denso. A barca *Temerária* estava quase cheia, mas encontrei um lugar na parte de dentro. Pela janela do ferry, avistei os últimos passageiros saindo do nevoeiro apressados para embarcar.

Eu ainda estava sob o choque do que Fawles me dissera, e também sentia um gosto amargo na boca. De derrota. Da impressão de desertar o campo de batalha no meio da luta. Eu havia chegado a Beaumont cheio de gana, sob um sol triunfante, e deixava a ilha sob a chuva, confuso, assustado com o perigo, às vésperas do último ato.

Pensei em meu segundo romance, já bem avançado na escrita. *A vida secreta dos escritores.* Eu vivia dentro dele, era um dos personagens. O narrador da história não podia abandonar o palco das operações como um covarde, bem na hora em que a ação se intensificava. Uma chance como aquela nunca mais se apresentaria. Voltei a pensar na advertência de Fawles: "Você corre grande perigo, Raphaël!

Não estamos num romance, garoto". Mas nem o próprio Fawles acreditava em suas palavras. E não fora ele quem justamente me aconselhara a levar o romanesco para dentro da vida – e a vida para dentro da escrita? Eu adorava aqueles momentos em que a ficção contaminava a vida. Era em parte por isso que eu gostava tanto de ler. Não para fugir da vida real em busca de um universo imaginário, mas para voltar ao mundo transformado por minhas leituras. Enriquecido por minhas viagens e por meus encontros na ficção e cheio de vontade de reinvesti-los no real. "Para que servem os livros, se não para nos reconduzir à vida, se não para nos fazer beber dela com mais avidez?", questionava-se Henry Miller. Para pouca coisa, sem dúvida.

Além de tudo, havia Nathan Fawles. Meu herói, meu mentor. Aquele que, cinco minutos atrás, me sagrara como um semelhante. Eu não podia deixá-lo sozinho diante de um perigo mortal. Eu não era de açúcar, caramba! Eu não era uma criança. Eu era um escritor que ajudaria outro escritor.

Dois escritores contra o resto do mundo...

Assim que me levantei para voltar ao convés, avistei o furgão de Audibert chegando à prefeitura. Um velho Renault 4L pintado de verde-musgo que ele dizia ter comprado de um florista alguns anos antes.

O livreiro parou o carro em fila dupla na frente dos correios e desceu para colocar um envelope na caixa de correio. Ele voltou com pressa para o carro, mas antes de se instalar ao volante olhou demoradamente para o ferry. Escondi-me atrás de uma trave de metal e torci para que não me visse. Quando saí do meu esconderijo, o furgão dobrava a esquina. No entanto, tive a impressão de ainda ver sua seta piscando através do nevoeiro, como se o carro estivesse parado.

O que fazer? Eu estava dividido entre o medo e a vontade de compreender. Também me preocupava com Nathan. Agora que sabia do que Audibert era capaz, eu tinha o direito de abandoná-lo? A sirene de nevoeiro do ferry anunciou a partida iminente. *Decida-se!* Enquanto o barco largava as amarras, saltei para o píer de madeira. Eu não podia fugir. Ir embora seria desistir e renunciar a tudo em que eu acreditava.

Contornei o promontório diante da capitania do porto e atravessei a rua na direção do correio. O nevoeiro estava por toda parte. Segui a calçada até a rua Mortevielle, onde o furgão do livreiro havia dobrado.

A rua estava deserta, mergulhada numa nuvem de umidade. Quanto mais eu avançava na direção do furgão, cujos faróis atravessavam o nevoeiro, mas eu sentia uma ameaça invisível me cercando, prestes a me engolir. Quando cheguei à altura do carro, constatei que não havia ninguém ao volante.

– É a mim que procura, ladrãozinho?

Virei-me e dei de cara com Audibert, que usava um impermeável preto. Abri a boca para gritar, mas, antes de conseguir emitir qualquer som, ele se atirou sobre mim com o atiçador de fogo com toda a força de que era capaz. Um grito de pavor ficou preso na minha garganta.

E tudo ficou preto.

4.
Chovia a cântaros.

Nathan Fawles tinha saído com tanta pressa que a casa ficara completamente aberta. De volta ao *Cruzeiro do Sul*, ele não se deu ao trabalho de fechar o portão. A ameaça que precisava enfrentar não podia ser detida com muros ou barricadas.

Saiu para o terraço para fechar uma veneziana que batia contra a parede. Com a chuva e a borrasca, Beaumont ficava completamente diferente. Não se estava mais no Mediterrâneo, mas numa ilha escocesa atingida por uma tempestade.

Fawles se manteve imóvel por vários minutos, ouvindo o martelar da chuva apática. Imagens insuportáveis assaltavam-no sem descanso. O massacre da família Verneuil, a tortura de Karim e a morte de Apolline. Na sua cabeça também ecoavam as palavras das cartas que ele relera na véspera. As mensagens escritas vinte anos antes àquela mulher tão amada. Exaurido, ele deixou as lágrimas correrem enquanto tudo voltava à tona. A raiva de ter perdido o amor, a vida a que ele havia renunciado, a linha vermelha desenhada pelo sangue de tantos mortos, vítimas colaterais de uma história da qual não passavam de obscuros figurantes.

Ele entrou em casa para mudar de roupa. Com roupas secas, sentiu um cansaço imenso, como se toda a seiva que nutria seu corpo tivesse secado. Ele queria que tudo acabasse logo. Tinha vivido os últimos vintes anos como um samurai. Tentara enfrentar a vida com coragem e honra. Seguira uma disciplina e uma via solitária que o haviam levado a se preparar mentalmente para aceitar a morte, para não ter medo do dia em que ela batesse à porta.

Ele estava pronto. Teria preferido que seu último capítulo não fosse escrito com som e fúria, mas era tarde demais. Ele estava no front de uma guerra que jamais teria um vencedor. Apenas mortos.

Fazia vinte anos que ele sabia que as coisas acabariam mal. Que, cedo ou trade, ele seria obrigado a matar ou ser morto, pois aquilo estava na própria natureza do segredo terrível do qual era depositário.

Mas nem mesmo em seus piores pesadelos Fawles imaginara que a Morte que o levaria teria olhos verdes, cabelos dourados e o belo rosto de Mathilde Monney.

11
Cai a noite

> *– O que é um bom romance?*
> *– Você cria personagens que despertem o amor e a simpatia de seus leitores. Depois você mata esses personagens. E você fere seu leitor. Então, ele sempre se lembrará de seu romance.*
>
> John Irving

1.

Quando voltei a mim, estava amarrado no banco de trás do Renault 4L de Audibert e um demônio invisível raspava o interior de meu crânio com um objeto cortante. Eu sentia muita dor. Meu nariz estava quebrado, eu não conseguia abrir o olho esquerdo e meu supercílio vertia sangue. Tomado de pânico, tentei me soltar, mas o livreiro amarrara com força meus punhos e meus tornozelos com fitas extensoras.

– Me solte, Audibert!

– Cale a boca, garoto.

Os limpadores de para-brisa do 4L lutavam contra o aguaceiro que caía. Eu não enxergava direito, mas entendi que nos dirigíamos para o leste, para a Ponta do Açafrão.

– Por que fez isso?

– Calado, já disse!

Eu estava encharcado, de chuva e suor. Meus joelhos tremiam, meu coração palpitava. Eu estava morrendo de medo, mas, acima de tudo, queria entender.

– O senhor foi o primeiro a receber as imagens da velha máquina fotográfica, não é mesmo? Não foi Mathilde!

Audibert gargalhou:

– Recebi-as pelo perfil de Facebook da livraria, consegue acreditar? O ianque do Alabama me encontrou graças à primeira foto: Mathilde e eu na frente da livraria no dia em que lhe dei a câmera, no seu aniversário de dezesseis anos!

Fechei os olhos para tentar entender o encadeamento dos fatos. Audibert havia sido, portanto, o grande arquiteto de uma vingança tardia destinada a fazer os assassinos de sua filha, de seu genro e de seu neto pagarem. Mas não entendi por que o livreiro arrastara a neta junto naquela vingança. Quando lhe perguntei isso, ele virou a cabeça na minha direção e, quase babando, começou a me insultar:

– Porque você acha que não tentei protegê-la, imbecil? Nunca mostrei as fotos a Mathilde. Enviei-as somente a Patrice Verneuil, seu avô paterno.

Minha mente estava confusa, mas lembrei de ter cruzado com o nome do pai de Alexandre em minhas pesquisas noturnas. Patrice Verneuil, o antigo grande policial, ex-diretor adjunto da Polícia Judiciária que ocupava, à época dos crimes, um cargo de conselheiro no ministério do Interior. Dispensado sob Jospin, ele havia encerrado sua carreira em apoteose quando Sarkozy se tornara ministro do Interior.

– Patrice e eu estamos ligados pela mesma dor – continuou o livreiro, acalmando-se um pouco. – Quando Alexandre, Sofia e Théo foram assassinados, nossas vidas pararam. Ou melhor, nossas vidas continuaram sem nós. Dilacerada pela dor, a mulher de Patrice se suicidou em 2002. Minha esposa, Anita, escondia o que sentia, mas no leito de morte, no hospital, repetia como um mantra que lamentava ninguém ter vingado nossos filhos.

Com as mãos agarradas ao volante, ele parecia falar consigo mesmo. Senti em sua voz uma raiva contida prestes a explodir.

– Quando recebi as fotografias e mostrei-as a Patrice, pensamos na mesma hora que se tratava de um presente de Deus, ou do diabo, para que pudéssemos fazer justiça. Patrice colocou as imagens dos dois vigaristas em circulação junto a alguns ex-membros da Polícia Judiciária e eles não demoraram a identificá-los.

Tentei soltar minhas mãos mais uma vez, mas as fitas extensoras me cortavam os punhos.

– Claro que decidimos deixar Mathilde de fora do nosso plano – continuou o livreiro. – E dividimos o trabalho. Patrice se ocupou de Amrani, eu atraí Chapuis para a ilha dizendo ser o diretor dos vinhedos Gallinari.

Arrebatado pelo próprio relato, Audibert parecia sentir prazer em detalhar seu crime:

– Fui esperar a vagabunda à saída do ferry. Era um dia de chuva, como hoje. No carro, atingi-a com um Taser e depois desci-a ao porão.

2.

Eu agora percebia o quanto havia subestimado Audibert. Por trás do jeitão de velho professor interiorano escondia-se um assassino de sangue frio. Patrice Verneuil e ele haviam combinado de filmar os interrogatórios para poderem trocá-los.

– No porão – ele retomou –, sangrei-a com gosto. Mas foi um castigo clemente demais comparado a todo o sofrimento que ela nos causou.

Por que eu tinha entrado naquela ruela? Por que eu não dera ouvidos a Nathan, caramba?

– Foi na tortura que ela acabou me dando o nome de Fawles.

– Então acha que Fawles matou os Verneuil? – perguntei.

– Não. Acho que aquela vagabunda disse um nome ao acaso porque estava na ilha e sabia da ligação de Beaumont com o escritor. Acho que os culpados foram aqueles dois, aqueles dois cretinos que deveriam ter morrido na prisão. No fim, tiveram o que mereceram. E se eu pudesse matá-los de novo, eu o faria com prazer.

– Mas então o caso está encerrado, pois Apolline e Karim estão mortos.

– Para mim, ele estava, mas não para o cabeçudo do Patrice. Ele queria interrogar o próprio Fawles, mas morreu antes de poder fazer isso.

– Patrice Verneuil morreu?

Audibert soltou uma gargalhada demente.

– Há quinze dias. Corroído por um câncer no estômago! E, antes do último suspiro, o imbecil não encontrou nada melhor para fazer do que enviar a Mathilde um pen drive com as fotos da velha máquina fotográfica, os vídeos e o fruto de nossa investigação!

As peças do quebra-cabeça começavam a se encaixar, revelando um cenário perturbador.

– Quando descobriu as fotos do aniversário, Mathilde ficou transtornada. Por dezoito anos, ela reprimia a lembrança de sua presença no apartamento quando os pais e o irmão foram mortos. Ela tinha esquecido de tudo.

– Difícil acreditar.

– Estou cagando para o que você acredita! É a verdade. Quando chegou na minha casa, há dez dias, Mathilde estava fora de si, como que possuída, determinada a vingar sua família. Patrice havia contado a ela que o cadáver de Apolline estava no meu congelador.

– Foi ela quem crucificou o corpo ao mais velho eucalipto de Beaumont?

No retrovisor, vi Audibert fazer que sim com a cabeça.

– Com que objetivo?

– Provocar o bloqueio da ilha, ora essa! Evitar a fuga de Nathan Fawles e forçá-lo a reconhecer sua responsabilidade.

– O senhor acabou de me dizer que não acreditava que Fawles fosse culpado!

– Não acredito, mas ela sim. E eu quero proteger minha neta.

– Protegê-la como?

O livreiro não respondeu. Pelo vidro do carro, vi que o 4L tinha acabado de passar da Angra de Prata. Senti meu coração se acelerar dentro do peito. Para onde estava me levando?

– Vi-o postar uma carta, Audibert. O que era?

– Ha, ha! Tem bom olho, garoto! Uma carta para a delegacia de Toulon. Uma carta em que confesso ter assassinado Apolline e Fawles.

Então era por isso que nos dirigíamos ao *Cruzeiro do Sul*! A Ponta do Açafrão estava a menos de um quilômetro. Audibert estava decidido a acabar com Fawles.

– Compreende? Preciso matá-lo antes que Mathilde o faça.

– E eu?

– Você estava no lugar errado na hora errada. Chamamos isso de dano colateral. Uma pena, não é mesmo?

Eu precisava fazer alguma coisa para acabar com aquela loucura. Com os dois pés amarrados, dei um chute forte no assento do motorista. Audibert não esperava um ataque. Ele deu um grito e se virou na minha direção bem na hora em que um segundo chute o atingia no meio da cara.

– Filho da puta, você vai...

O carro deu uma guinada. O teto metálico parecia bombardeado pela chuva, e sob aquela barulheira, eu tinha a impressão de estar num barco à deriva.

– Você vai pagar por isso! – gritou o livreiro, pegando o atiçador que estava no banco do passageiro.

Pensei que ele tivesse recuperado o controle do carro, mas no instante seguinte o 4L bateu na barreira de proteção e caiu no vazio.

3.

Nunca pensei que realmente fosse morrer. Durante os segundos de queda do carro, esperei até o fim que alguma coisa acontecesse para evitar o pior. Porque a vida é um romance. E nenhum autor mataria seu narrador a oitenta páginas do fim do livro.

O momento não tem gosto de morte, nem de medo. Não vejo o filme de minha vida em ritmo acelerado, e a cena não se desenrola em câmera lenta, como no acidente de carro de Michel Piccoli em *As coisas da vida*.

    Uma estranha ideia me ocorre, no entanto. Uma lembrança, ou melhor, uma confidência feita por meu pai há pouco tempo. Um desabafo tão súbito quanto surpreendente. Ele me disse que sua vida era "luminosa" – segundo suas próprias palavras – quando eu era criança. *Quando você era pequeno, fazíamos um monte de coisas juntos*, ele me disse. E era verdade. Lembro de passeios pela floresta, de visitas a museus, de idas ao teatro, de maquetes, de trabalhos manuais. Mas não apenas isso. Ele me levava para a escola todas as manhãs e, durante o trajeto, sempre me ensinava alguma coisa. Podia ser um fato histórico, uma anedota artística, uma regra de gramática, uma pequena lição de vida. Ainda posso ouvi-lo dizer:

> *O particípio passado dos verbos pronominais reflexivos em francês concorda com o complemento do objeto direto quando este é colocado na frente. Exemplo: "Ils se sont lavés les mains" vira "Les mains qu'ils se sont lavées". / Foi contemplando o céu da Côte d'Azur que Yves Klein teve a ideia de criar o tom de azul mais puro possível: o International Klein Blue. / O sinal matemático ÷ para representar a divisão é um óbelo. / Na primavera de 1792, alguns meses antes de ser decapitado, Luís XVI sugeriu substituir as lâminas retas das*

guilhotinas por lâminas oblíquas para melhorar sua eficácia. / A frase mais comprida de Em busca do tempo perdido *tem 856 palavras, a mais famosa tem oito palavras ("Por muito tempo, deitei-me de boa hora"), a mais curta duas palavras ("Ele viu", a mais bonita doze ("A única coisa que amamos é a que não possuímos por inteiro"). / Foi Victor Hugo quem fez a palavra "pieuvre" circular na língua francesa, utilizando-a pela primeira vez no romance* Os trabalhadores do mar. */ A soma de dois números inteiros consecutivos é igual à diferença dos seus quadrados. Exemplo: 6 + 7 = 13 = $7^2 - 6^2$...*

Eram momentos alegres, mas um tanto solenes, e acho que tudo o que aprendi naquelas manhãs ficou gravado na minha memória. Um dia – eu devia ter onze anos –, meu pai me disse com profunda tristeza que tinha me transmitido mais ou menos tudo o que sabia e que eu aprenderia o resto nos livros. Na hora, não acreditei, mas em pouco tempo nossa relação se tornou mais distante.

O grande medo do meu pai era que eu me perdesse, que eu fosse esmagado por um carro, que eu adoecesse, que um maluco me sequestrasse enquanto eu estivesse brincando na pracinha... Por fim, foram os livros que me separaram dele. Os livros cujos méritos ele tanto havia louvado.

Demorei para entender isso, mas nem sempre os livros são vetores de emancipação. Os livros também são fatores de separação. Os livros não apenas derrubam barreiras, eles também as constroem. Com mais frequência do que se pensa, os livros ferem, rompem e matam. Os livros são sóis enganadores. Como o lindo rosto de Joanna Pawlowski, terceira princesa do concurso Miss Île-de-France 2014.

Um pouco antes do choque contra o chão, uma última lembrança brota em minha mente. Certas manhãs, no caminho para a escola, quando meu pai sentia que poderíamos chegar atrasados, começávamos a correr nos últimos duzentos metros. *Sabe, Rafa*, ele me disse há alguns meses, acendendo um dos cigarros que fumava até o filtro, *quando penso em você, é sempre essa mesma imagem que me vem à cabeça. É primavera, você deve ter cinco ou seis anos, faz sol e chove ao mesmo tempo. Corremos sob a chuva para que você não se atrase para a escola. Corremos juntos, lado a lado, de mãos dadas, através das gotas de luz.*

A luz que você tinha nos olhos.

Sua gargalhada radiante.

O equilíbrio perfeito de uma vida.

12
Um rosto cambiante

É difícil dizer a verdade, pois só existe uma, mas ela está viva e, consequentemente, tem um rosto cambiante.

Franz Kafka

1.

Quando chegou à casa de Fawles, Mathilde segurava a espingarda de ação deslizante. Seus cabelos estavam molhados e seu rosto, sem maquiagem, carregava as marcas de uma noite em claro. Ela havia trocado os vestidos floridos por um jeans puído e um casaco com capuz.

– O jogo acabou, Nathan! – ela gritou, entrando na sala.

Fawles estava sentado à mesa, na frente do laptop de Grégoire Audibert.

– Pode ser – ele respondeu calmamente –, mas você não é a única a ditar as regras.

– Mas fui eu quem pregou o corpo de Chapuis à árvore.

– Por quê?

– A encenação sacrílega foi necessária para obrigar as autoridades a bloquear a ilha e impedi-lo de fugir.

– Atitude desnecessária. Por que eu fugiria?

– Para evitar que eu o matasse. Para evitar que seus pequenos segredos fossem revelados ao mundo inteiro.

– Falando em pequenos segredos, você não fica atrás.

Para provar o que dizia, Fawles virou o computador na direção de Mathilde, colocando-a de frente para as fotografias tiradas no aniversário de seu irmão.

– Todo mundo sempre acreditou que a filha dos Verneuil estava na Normandia, estudando para o *bac*. Mas era mentira. Você também estava presente na cena do crime. Deve ser pesado viver com um segredo desses, não?

Desnorteada, Mathilde se sentou à ponta da mesa e colocou a arma sobre o tampo, ao alcance da mão.

– É pesado, mas não pelos motivos que você pensa.

– Então me explique...

– No início do mês de junho, durante meus estudos de revisão para o *bac*, viajei com minha amiga Iris para a casa de campo da família dela em Honfleur. Seus pais às vezes iam nos visitar nos finais de semana, mas durante a semana éramos só nós duas. Estávamos muito compenetradas e estudamos muito, então na manhã do dia 11 de junho sugeri que fizéssemos uma pausa.

– Você queria voltar para o aniversário de seu irmão, é isso?

– Sim, eu precisava voltar. Fazia meses que eu sentia uma mudança em Théo. Antes tão alegre e cheio de vida, ele andava triste e ansioso, cheio de ideias sombrias. Com a minha presença, queria mostrar o quanto o amava e fazê-lo entender que estaria a seu lado quando preciso.

Mathilde falava com calma. Seu relato era estruturado e adivinhava-se que aquela confissão fazia parte de seu plano: buscar a verdade, toda a verdade, nos mínimos detalhes de cada memória. Inclusive a sua.

– Iris disse que se eu voltasse para Paris ela aproveitaria para passar o dia com suas primas normandas. Avisei meus pais e pedi que não contassem nada a Théo, para fazer uma surpresa. Acompanhei Iris de ônibus até Le Havre, depois peguei o trem para a estação Saint-Lazare. O sol brilhava. Subi os Champs-Élysées entrando nas lojas em busca de um presente para Théo. Queria algo de que ele realmente gostasse. Acabei comprando uma camiseta da seleção francesa de futebol. Depois fui para o XVI arrondissement de metrô, pela linha 9 até La Muette. Cheguei por volta das seis da tarde. O apartamento estava vazio. Mamãe estava voltando de Sologne com Théo, meu pai estava no trabalho, como sempre. Liguei para minha mãe para sugerir que passasse no restaurante e na padaria para trazer a comida e o bolo que ela tinha encomendado.

Impassível, Fawles ouvia a jovem apresentar sua versão daquela noite maldita. Fazia vinte anos que ele pensava ser o único a ter a chave para o caso Verneuil. Agora compreendia que aquilo estava longe de ser verdade.

– Foi um ótimo aniversário – continuou Mathilde. – Théo estava feliz e era o que importava. Você tem irmãos ou irmãs, Fawles?

O escritor balançou a cabeça.

– Não sei como as coisas teriam progredido em nossa relação, mas naquela idade Théo me adorava e o sentimento era recíproco. Eu o sentia frágil e tinha a impressão de ter recebido a missão de protegê-lo. Depois do jogo de futebol, festejamos a vitória e Théo dormiu no sofá. Por volta das onze da noite, acompanhei-o, semiadormecido, até sua cama, onde o acomodei como às vezes fazia, antes de ir para o meu quarto. Eu também estava cansada. Deitei com um livro. Ouvi de fundo meus pais discutindo na cozinha, depois meu pai telefonou para o meu avô para falar do jogo. Acabei pegando no sono lendo *A educação sentimental*.

Mathilde fez uma longa pausa. Por um momento, só se ouviu o barulho da chuva fustigando as janelas e o estalo da lenha na lareira. Ela sentia dificuldade de continuar, mas a hora dos pudores ou adiamentos havia passado. Ela narrou a sequência dos fatos quase que de um só fôlego. Não havia mais um diálogo, apenas um mergulho num abismo de onde era difícil acreditar que alguém pudesse sair ileso.

2.

– Peguei no sono com Flaubert e fui acordada por *Laranja mecânica*. Um tiro que sacudiu a casa inteira. O relógio marcava 23h47. Eu não tinha dormido muito, mas aquele foi o despertar mais brutal de minha vida. Apesar do perigo que pressenti, saí do quarto de pés descalços. No corredor, o cadáver de meu pai estava mergulhado num mar de sangue. A cena era terrível. Tinha recebido um tiro no rosto à queima-roupa. Pedaços de cérebro e sangue manchavam as paredes. Não tive nem tempo de gritar, pois ouvi um segundo tiro e minha mãe caiu na entrada da cozinha. Eu estava muito além do medo, no apavorante limiar que conduz à loucura.

"Numa situação como aquela, o cérebro sai dos trilhos e não obedece mais à lógica. Meu primeiro reflexo foi o de correr para o meu quarto. Levei três segundos para voltar. Eu ia fechar a porta quando lembrei que tinha esquecido de Théo. Na hora em que ia sair do quarto, um novo tiro pulverizou o silêncio. O corpo de meu irmão, atingido nas costas, caiu quase em meus braços.

"Um instinto de sobrevivência me fez buscar esconderijo embaixo da cama. A luz do quarto estava apagada, mas a porta continuava aberta. No marco, vi o cadáver de meu pequeno Théo. Seu uniforme de futebol não passava de uma enorme mancha de sangue.

"Fechei os olhos, apertei os lábios, tapei os ouvidos. Não enxergar, não gritar, não ouvir. Não sei quanto tempo fiquei em apneia. Trinta segundos? Dois minutos? Cinco minutos? Quando voltei a abrir os olhos, vi um homem no quarto. Do meu esconderijo, vi apenas seus sapatos: botas de couro marrom e elástico no cano. Ele ficou ali alguns segundos, imóvel, sem procurar por mim. Deduzi que ignorava minha presença na casa. Pouco depois, saiu e desapareceu. Fiquei mais alguns minutos prostrada, siderada, incapaz de me mover. Foi o barulho da sirene da polícia que me arrancou daquele torpor. No meu chaveiro, eu tinha a chave do alçapão que levava ao telhado. Foi por ali que fugi. Não sei explicar essa reação. A chegada da polícia deveria ter me tranquilizado, mas foi o contrário que aconteceu.

"Depois, minhas lembranças são mais turvas. Acho que agi de maneira mecânica. Caminhei até a estação Saint-Lazare e peguei o primeiro trem para a Normandia. Quando cheguei a Honfleur, Iris ainda não havia voltado. A seu retorno, encontrei forças para mentir a ela. Disse que tinha ficado com enxaqueca depois de nossa despedida e que não havia ido a Paris. Ela acreditou, porque viu que eu estava com uma cara horrível e insistiu para chamar um médico. Ele chegou no meio da manhã, no exato momento em que os policiais de Le Havre chegavam à casa, acompanhados do meu avô, Patrice Verneuil. Foi ele que me contou oficialmente do massacre da minha família. E foi nesse momento que meu cérebro parou e perdi os sentidos.

"Quando acordei, dois dias depois, não lembrava de nada daquela noite. Acreditei realmente que meus pais e Théo tinham sido assassinados em minha ausência. Vendo de fora, é difícil de acreditar, mas foi o que aconteceu. Uma verdadeira amnésia que durou dezoito anos. Sem dúvida a única solução que minha mente encontrou para que eu pudesse continuar a viver. Antes mesmo do massacre, eu já vivia numa angústia permanente, mas o choque traumático provocou um *shutdown* cerebral. Num reflexo de proteção, minha memória como que se dissociou de minhas emoções. Com o passar dos anos, senti que alguma coisa não fechava. Eu carregava um verdadeiro sofrimento que atribuía, em parte erroneamente, à perda da minha família. Eu havia reprimido aquelas lembranças, mas elas apodreciam dentro de mim, com um peso invisível.

"Foi a morte do meu avô, há duas semanas, que rasgou o véu da minha ignorância. Ao morrer, Patrice Verneuil fez chegar até mim um grande envelope com uma carta em que explicava a certeza de que você era o verdadeiro culpado pelos assassinatos daquela noite. Em que falava da raiva pelo câncer que o levava e que o impedia de matá-lo pessoalmente. O envelope também tinha um pen drive com os vídeos dos interrogatórios de Chapuis e Amrani, bem como *todas* as fotografias encontradas na câmera perdida no Havaí. Quando descobri as imagens da minha presença naquela famosa noite, meu cérebro destravou e as lembranças voltaram com a força de um gêiser. A memória voltou em flashes violentos, que trouxeram consigo culpa, raiva, vergonha. Fui soterrada por ela e tive a impressão de que aquele fluxo nunca cessaria. Como um dique de concreto que se rompesse de repente e engolisse um vale inteiro.

"Tive uma verdadeira síncope: vontade de gritar, de desaparecer, repassando todos os fatos, como se tivesse sido projetada no passado. Não senti qualquer tipo de libertação. Foi assustador. Uma explosão mental perturbadora que mais uma vez me mergulhou no horror. As imagens, os sons, os cheiros que me visitavam eram tão precisos, tão duros, que eu tinha a impressão de reviver aquela noite numa potência dez vezes maior: o barulho ensurdecedor dos tiros, os jatos de sangue, os gritos, os pedaços de cérebro nas paredes, o horror de ver Théo cair à minha frente. Que crime eu havia cometido para ter que passar por aquele inferno uma segunda vez?"

3.

Um jato de xixi molhou Ange Agostini. O policial municipal manteve-se impassível e terminou de trocar a fralda da filha Livia. Preparava-se para colocá-la no berço quando o celular tocou. Era Jacques Bartoletti, o farmacêutico da ilha, que ligava para contar sobre um acidente que testemunhara. Ao amanhecer, aproveitando o fim do bloqueio, Bartô tinha pegado seu barco para pescar olhetes, cavalas e choupas. Mas a chuva e o vento o fizeram voltar mais cedo que o previsto. Dobrando a Ponta do Açafrão, ele viu um furgão sair da estrada e cair da falésia. Alarmado, Bartoletti avisou a guarda-costeira imediatamente. Estava ligando a Ange para saber mais informações.

Ange respondeu que não sabia de nada. Depois de desligar – e enquanto Livia vomitava um pouco de leite em sua camiseta que já fedia a xixi –, ele fez uma ligação para ter certeza de que o socorro em terra havia de fato recebido a informação. Mas o telefone do posto de bombeiros não respondeu, nem o celular do tenente-coronel Benhassi, encarregado da ilha. Preocupado, Ange decidiu ir pessoalmente ao local. O momento não era ideal. Era sua semana de guarda das crianças e as dificuldades começavam a se acumular: de um lado, seu filho Lucca estava com amigdalite e não saía da cama; de outro, o tempo estava péssimo e tornava as estradas perigosas.

Que inferno... Ange acordou Lucca e ajudou-o a vestir roupas quentes. Com a filha e o filho nos braços – *essas crianças pesam uma tonelada...* –, Ange saiu de casa pela porta da garagem. Colocou Lucca na traseira do Piaggio, fechou a capota e prendeu o bebê-conforto de Livia no assento do passageiro. A Ponta do Açafrão ficava a apenas três quilômetros de casa, um solar provençal que ele construíra no terreno que herdara dos pais, mas que Pauline, sua ex-mulher, achava "pequena", "mal localizada", "apertada e escura".

– Vamos devagar, crianças.

No retrovisor, Ange viu seu filho levantando o polegar para ele. O triciclo subiu com dificuldade o caminho tortuoso que levava à Strada Principale. A chuva tornava o solo muito escorregadio e o Piaggio tinha dificuldade de vencer os pontos mais íngremes. Ange ficou nervoso, pensando nos riscos que fazia seus filhos correrem. Soltou um suspiro de alívio quando chegou à estrada. Mas o perigo continuou. A tempestade caía com força sobre a ilha. Ange sempre ficava apreensivo nos dias de tempestade. Sua ilha, em geral tão hospitaleira, revelava-se instável e ameaçadora, como um eco da sombra que todas as pessoas carregavam dentro de si.

O triciclo balançava, a chuva tamborilava contra o vidro. O bebê chorava e, atrás, Lucca devia estar apavorado. Eles tinham acabado de passar pela praia Angra de Prata quando, na virada de uma curva, a estrada estava bloqueada por um grande tronco de pinheiro derrubado pela tempestade. Ange parou no acostamento, e fiz sinal a seu filho para que ficasse com a irmã na cabine enquanto ele liberava a via.

O policial saiu para a chuva e afastou o tronco e os galhos que obstruíam a passagem. Ele estava prestes a entrar no Piaggio de novo quando viu o veículo dos bombeiros cinquenta metros adiante, um pouco à frente do entroncamento da Vereda Botânica. Ele estacionou o veículo ao lado do caminhão, recomendou a Lucca que não se mexesse e correu até os bombeiros. Estava encharcado, num estado lastimável, com água escorrendo pela gola da camisa polo e pelas costas. Olhando para baixo, viu a carcaça de um carro, sem conseguir identificá-lo.

O vulto alto de Najib Benhassi – o tenente-coronel à frente do corpo de bombeiros de Beaumont – surgiu da bruma.

– Bom dia, Ange.

Os dois homens trocaram um aperto de mão.

– É o furgão do livreiro – disse Benhassi, antecipando a pergunta.

– Grégoire Audibert?

O bombeiro assentiu, e disse:

– Não estava sozinho. Seu jovem empregado estava com ele.

– Raphaël?

– Raphaël Bataille, isso mesmo – respondeu Benhassi, consultando suas notas.

Ele fez uma pausa e acrescentou, apontando para a equipe:

– Estão sendo trazidos para cá. Os dois morreram.

Pobre rapaz!

Ange acusou o golpe, foi pego de surpresa por essa nova irrupção da morte bem na hora em que o bloqueio cessava. Ele trocou um olhar com o bombeiro e percebeu o mal-estar em seu rosto.

– Em que está pensando, Najib?

Após um momento de silêncio, o tenente-coronel compartilhou sua perplexidade:

— Há uma coisa muito estranha nisso tudo. O garoto estava com as mãos e os pés presos.

— Presos?

— Por fitas extensoras. Estava amarrado.

4.

A tempestade continuava. Fazia um minuto que Mathilde terminara seu relato. Protegida pelo silêncio, ela ameaçava Fawles de novo, apontando o fuzil para ele. O escritor se levantara. Parado diante da porta de vidro, as mãos atrás das costas, ele observava os pinheiros que se dobravam e pareciam se retorcer de dor sob a chuva. Ao fim de longos minutos, ele se virou calmamente para a jovem e perguntou:

— Se entendi bem, você também acha que matei seus pais?

— Apolline o identificou sem sombra de dúvida no estacionamento. E eu, escondida embaixo da cama, vi seus sapatos com clareza. Então, sim, acho que é o assassino.

Fawles considerou o argumento e não tentou dispensá-lo. Após um momento de reflexão, perguntou:

— Mas qual seria meu motivo?

— Seu motivo? Você era amante da minha mãe.

O escritor não pôde esconder sua surpresa.

– Absurdo. Nunca conheci sua mãe!

– Mas escreveu cartas a ela. Cartas que aliás recuperou há pouco tempo.

Com o cano da espingarda, Mathilde apontou para as cartas que Fawles reunira com uma fita e colocara sobre a mesa. O escritor contra-atacou:

– Como essas cartas foram parar com você?

Mathilde fez uma nova incursão ao passado. Sempre a mesma noite, o mesmo encadeamento de fatos que, em poucas horas, mudaram o destino de tantas pessoas.

– Na noite de 11 de junho de 2000, antes do jantar de aniversário, troquei de roupa e coloquei algo mais apropriado. Encontrei um lindo vestido de verão no guarda-roupa, mas não tinha um sapato que combinasse. Como eu costumava fazer, fui procurar no closet da minha mãe. Ela tinha mais de uma centena de pares de sapatos diferentes. E foi ali, dentro de uma caixa, que encontrei essas cartas. Quando li seu conteúdo, fui tomada por sentimentos contraditórios. Primeiro, o choque de descobrir que minha mãe tinha um amante, depois, quase sem querer, o ciúme de que um homem lhe escrevesse coisas tão poéticas e ardentes.

– E você guardou as cartas por vinte anos?

– Para lê-las mais à vontade, levei-as para o meu quarto e escondi-as na bolsa, prometendo a mim mesma que as exploraria quando estivesse sozinha em casa e que depois as recolocaria no lugar. Mas nunca tive ocasião de fazer isso. Depois do drama, perdi o sinal dessas cartas e a lembrança de que existiam. Meu avô paterno, com quem vivi depois do massacre, deve tê-las guardado em algum lugar, como vários objetos que podiam me lembrar daquela noite. Mas Patrice Verneuil não as esqueceu, e fez a ligação com você depois das revelações de Apolline. Recebi-as junto com o pen drive. Não havia dúvida: tinham sua letra e seu nome assinado.

– Sim, elas são minhas, mas o que a faz acreditar que foram endereçadas à sua mãe?

– Foram escritas para S. Minha mãe se chamava Sofia e foi no quarto dela que as encontrei. Um belo conjunto de indícios convergentes, não?

Fawles não respondeu. Em vez disso, avançou outro peão:

– Por que veio até aqui, exatamente? Para me matar?

– Não imediatamente. Primeiro, quero lhe dar um presente.

Ela vasculhou o bolso e tirou um objeto circular que pousou sobre a mesa. Fawles pensou que fosse uma fita adesiva preta, até que compreendeu que se tratava de um rolo de fita para máquina de escrever.

Mathilde caminhou até a prateleira e pegou a Olivetti, que colocou em cima da mesa.

– Quero uma confissão completa, Fawles.

– Uma confissão?

– Antes de matá-lo, quero um registro por escrito.

– Um registro por escrito de quê?

– Quero que todos saibam o que você fez. Quero que todos saibam que o grande Nathan Fawles é um assassino. Você não vai passar para a posteridade num pedestal, acredite!

Ele olhou para a máquina por um instante, ergueu os olhos para ela e se defendeu:

– Mesmo que eu seja um assassino, você não pode fazer nada contra meus livros.

– Sim, eu sei, está muito na moda querer separar o homem do artista: Fulano cometeu atrocidades, mas continua sendo um artista genial. Lamento, mas para mim as coisas não funcionam assim.

– É um amplo debate, mas, embora possa matar o artista, nunca matará a obra de arte.

– Pensei que seus livros fossem superestimados.

– O problema não é esse. E, no fundo, você sabe que tenho razão.

– No fundo, tenho vontade de dar dois tiros na sua cara, Nathan Fawles.

Com um gesto súbito, ela lhe deu um violento golpe com a coronha nas costas, para obrigá-lo a se sentar.

Fawles caiu na cadeira, cerrando os dentes.

– Você acha que é fácil matar alguém? Você... Você acha que seu conjunto de indícios convergentes lhe dá o direito de me matar? Só porque decidiu fazer isso?

– Não, você tem direito a uma defesa, é verdade. É por isso que lhe dou a chance de ser seu próprio advogado.

Porque você gostava de repetir em suas entrevistas: "Desde a adolescência, minhas únicas armas sempre foram minha velha Bic mordiscada e um bloco de notas quadriculado". Muito bem, aqui está: para sua defesa, você tem uma máquina de escrever, um maço de folhas e trinta minutos.

– O que você quer, exatamente?

Exasperada, Mathilde pousou o cano da arma na têmpora do escritor.

– A verdade! – ela gritou.

Fawles desafiou-a:

– Parece acreditar que a verdade a deixará fazer tábula rasa do passado, libertar-se de seus sofrimentos e recomeçar tudo do zero. Sinto muito, mas é uma ilusão.

– Deixe-me ser a juíza dessa verdade.

– Mas a verdade não existe, Mathilde! Ou melhor, sim, a verdade existe, mas ela está em movimento, sempre viva, sempre cambiante.

– Estou de saco cheio de seus sofismas, Fawles.

– Você querendo ou não, a humanidade não é binária. Vivemos numa zona cinza e instável onde o melhor dos homens sempre pode cometer o pior dos crimes. Por que quer se infligir uma verdade que não é capaz de suportar? Um jato de ácido numa ferida ainda aberta.

– Não preciso ser protegida. Pelo menos não por você! – ela disse.

E apontou para a máquina de escrever.

– Ao trabalho. Agora mesmo! Conte-me sua versão: os fatos brutos, somente os fatos. Sem estilo, sem poesia, sem digressões, sem ênfase. Venho buscar o texto em meia hora.

– Não, eu...

Mas um segundo golpe com a coronha o fez capitular. Ele fez uma careta ao se curvar sob o choque, depois colocou a fita na máquina.

No fim das contas, se ele fosse morrer, melhor que fosse sentado atrás de uma máquina de escrever. Aquele era seu lugar. Onde ele sempre se sentira menos mal. Salvar a própria pele datilografando palavras: um desafio que ele era capaz de enfrentar.

Para aquecer, datilografou a primeira coisa que lhe passou pela cabeça. Uma frase de Georges Simenon, um de seus mestres, que lhe parecia apropriada à situação.

```
Como a vida é diferente quando a
vivemos e quando a dissecamos mais
tarde.
```

Vinte anos depois, o estalar das teclas sob os dedos provocou-lhe um arrepio. Ele tinha sentido falta daquilo, é claro, mas aquele desânimo atrás de um teclado não era de seu feitio. Às vezes, a vontade precisa vir acompanhada de uma arma na têmpora.

Conheci Soizic Le Garrec na primavera
de 1996, num voo Nova York-Paris. Ela
estava sentada a meu lado, na janela,
e estava mergulhada na leitura de um
de meus romances.

Pronto, ele tinha dado a largada... Fawles hesitou ainda alguns segundos, lançou a Mathilde um último olhar que dizia: *ainda é tempo de parar tudo, ainda é tempo de não destravar a granada que vai explodir e matar a nós dois.*
 Mas o olhar de Mathilde respondeu uma única coisa: *jogue a granada, Fawles. Jogue o jato de ácido...*

13
Miss Sarajevo

Como a vida é diferente quando a vivemos e quando a dissecamos mais tarde.

Georges SIMENON

Conheci Soizic Le Garrec na primavera de 1996, num voo Nova York-Paris. Ela estava sentada a meu lado, na janela, e estava mergulhada na leitura de um de meus romances. Era *Uma pequena cidade americana*, o mais recente, que ela havia comprado no aeroporto. Sem revelar minha identidade, perguntei se estava gostando do livro – ela já tinha lido uma centena de páginas. Lá, voando entre as nuvens, ela me respondeu tranquilamente que não estava gostando nem um pouco e que não entendia o entusiasmo em torno daquele escritor. Observei que Nathan Fawles tinha acabado de ganhar o prêmio Pulitzer, mas ela disse que não dava o menor crédito a prêmios literários e que as cintas que os anunciavam em triunfo desfiguravam as capas dos livros e *não passavam de engana-bobos*. Citei Bergson para impressioná-la ("Não vemos as coisas em si; limitamo-nos, na maioria das vezes, a ler as etiquetas coladas sobre elas."), mas ela não ficou impressionada.

Pouco depois, não me aguentei e contei que *eu era* Nathan Fawles, mas isso tampouco pareceu comovê-la. Apesar desse difícil começo, conversamos sem parar durante as seis horas de voo. Ou melhor, era eu que, com minhas perguntas, não parava de distraí-la de sua leitura.

Soizic era uma jovem médica de trinta anos. Eu tinha 32. Aos poucos, ela me contou um pouco de sua história. Em 1992, quando acabou os estudos, foi para a Bósnia para se encontrar com o namorado que tinha à época, um cameraman da Antenne 2. Era o início do que se tornaria o mais longo cerco de guerra moderno: o martírio de Sarajevo. Ao fim de algumas semanas, o sujeito voltou para a França ou foi cobrir algum outro conflito. Soizic ficou. Ela se aproximou de organizações de direitos humanos atuantes no local. Por quatro anos, viveu o mesmo calvário que os 350 mil habitantes, colocando suas competências à serviço da cidade sitiada.

Eu seria incapaz de dar uma aula magistral sobre o assunto, mas se você quiser compreender alguma coisa desse relato, de minha história e, consequentemente, de sua família, precisa mergulhar na realidade da época: a desintegração da Iugoslávia nos anos que se seguiram à queda do muro de Berlim e à dissolução da União Soviética. Com o fim da Segunda Guerra, o antigo reino da Iugoslávia foi reunificado pelo marechal Tito graças à instauração de uma federação comunista de seis Estados dos Bálcãs: Eslovênia, Croácia, Montenegro, Bósnia, Macedônia e Sérvia. Com a derrocada do comunismo, os Bálcãs presenciaram um avanço dos nacionalismos. Num contexto de exacerbação das tensões, o homem forte do país, Slobodan Milosevic, retomou a ideia de uma Grande Sérvia, que reuniria todas as minorias sérvias num mesmo território. Sucessivamente, Eslovênia, Croácia, Bósnia e Macedônia reivindicaram sua independência, o que provocou uma série de conflitos violentos e mortíferos. Sobre um fundo de limpeza étnica e de impotência da ONU, a Guerra da Bósnia foi uma carnificina que fez mais de 100 mil mortos.

Quando a conheci, Soizic levava no corpo e na mente as marcas do calvário de Sarajevo. Quatro anos de terror, de bombardeios incessantes, de fome e frio, quatro anos de balas assobiando, de operações cirúrgicas às vezes realizadas sem anestesia. Soizic era uma dessas pessoas que viviam na própria carne os tormentos do mundo. Mas tudo isso a havia machucado. A miséria do mundo é um fardo que pode nos esmagar quando fazemos dela uma questão pessoal.

*

Pousamos por volta das sete horas da manhã no cinza deprimente de Roissy. Nos despedimos e eu entrei na fila dos táxis. Tudo era desesperador: a perspectiva de nunca voltar a vê-la, a umidade glacial daquela manhã, as nuvens sujas e poluídas que toldavam o céu e pareciam o único horizonte possível em minha vida. Mas uma força interna me incitou a reagir. Você conhece o conceito grego de *kairós*? É o instante decisivo, que não devemos deixar passar. Para todas as vidas, mesmo as mais insignificantes, o céu concede ao menos uma verdadeira chance de mudar o destino. O *kairós* é a capacidade de saber aproveitar essa oportunidade que a vida dá. Mas esse momento costuma ser muito rápido. E a vida não volta atrás. Naquela manhã, eu soube que alguma coisa crucial estava em jogo. Saí da fila e voltei ao terminal. Procurei Soizic por todos os lados e acabei encontrando-a à espera do transfer que levava ao metrô. Disse a ela que tinha sido convidado a autografar meus livros na livraria de uma ilha do Mediterrâneo. E, sem rodeios, convidei-a para me acompanhar. Como costuma acontecer quando o *kairós* atinge dois indivíduos ao mesmo tempo, Soizic aceitou meu convite sem hesitar e nós viajamos naquele mesmo dia para a ilha Beaumont.

Ficamos lá quinze dias e nos apaixonamos pela ilha ao mesmo tempo que nos apaixonávamos um pelo outro. Foi um período fora do tempo, como os que essa maldita vida às vezes nos faz viver para que acreditemos que a felicidade existe. Uma coleção de momentos mais brilhantes que pérolas. Num lampejo de loucura, gastei dez anos de direito autoral no *Cruzeiro do Sul*. Eu nos via passando dias felizes ali e pensava ter encontrado o lugar ideal para ver nossos filhos crescerem. Eu também me via escrevendo ali meus futuros romances. Estava enganado.

*

Durante os dois anos que se seguiram, levamos uma vida de casal em perfeita harmonia, embora nem sempre estivéssemos juntos. Quando estávamos, passávamos nosso tempo na Bretanha – onde Soizic nascera e tinha família – e em nosso refúgio, o *Cruzeiro do Sul*. Arrebatado por aquele novo amor, comecei a escrever um novo romance, intitulado *Um verão invencível*. No resto do tempo, Soizic trabalhava. Ela voltava para seus amados Bálcãs e realizava missões para a Cruz Vermelha.

Infelizmente, aquela região do mundo ainda não tinha visto o fim dos horrores da guerra. Em 1998, foi a vez de Kosovo. Mais uma vez, desculpe-me ter que bancar o professor de história, mas é a única maneira de você entender o que aconteceu. O território kosovar é uma província autônoma da Sérvia, povoada majoritariamente por albaneses. No final dos anos 1980, Milosevic começou a reduzir a autonomia da província, depois a Sérvia tentou recolonizar o território com a implantação de colonos.

Uma parte da população kosovar foi expulsa para fora de suas fronteiras. A resistência se organizou, primeiro pacificamente por intermédio do líder Ibrahim Rugova, o "Gandhi dos Bálcãs", conhecido por sua recusa à violência, depois pelas armas, com a criação do Exército de Libertação do Kosovo – o famoso UÇK, cuja base ficava na Albânia, onde tirava proveito do fim do regime para saquear seu estoque de armas.

Foi durante a Guerra do Kosovo que Soizic foi morta, nos últimos dias de dezembro de 1998. Segundo o relatório que o Quai d'Orsay enviou a seus pais, ela caiu numa emboscada enquanto acompanhava um fotógrafo de guerra inglês que fazia uma reportagem a trinta quilômetros de Pristina. Seu corpo foi repatriado para a França e enterrado no dia 31 de dezembro no pequeno cemitério bretão de Sainte-Marine.

*

A morte da mulher que eu amava me deixou transtornado. Durante seis meses, vivi enclausurado em casa, sob os miasmas do álcool e dos remédios. Em junho de 1999, anunciei que pararia de escrever, pois não queria que ninguém esperasse alguma coisa de mim.

O mundo continuou girando. Na primavera de 1999, depois de muitas hesitações, as Nações Unidas finalmente decidiram votar a favor de uma intervenção em Kosovo, na forma de uma campanha aérea de bombardeios. No início do verão seguinte, as forças sérvias se retiraram de Kosovo, que se tornou um protetorado internacional sob mandato da ONU. A guerra fez 15 mil vítimas e milhares de desaparecidos. A maioria civis. E tudo isso a duas horas de voo de Paris.

*

Quando o outono chegou, tomei a decisão de ir aos Bálcãs. A Sarajevo, primeiro, depois ao Kosovo. Eu queria ver os lugares que tinham sido importantes para Soizic, onde ela tinha vivido os últimos anos de vida. Na região, as cinzas ainda estavam quentes. Conheci kosovares, bósnios, sérvios. Uma população perdida, desnorteada, que havia passado os últimos dez anos sob fogo cruzado e caos, e que tentava se reconstruir como podia. Eu buscava Soizic e encontrava sua presença fantasmagórica numa esquina, num jardim, num posto de saúde. Um fantasma que velava sobre mim e fazia companhia à minha dor. Era dolorido, mas me fazia bem.

Quase sem querer, graças às conversas que tive com as pessoas que tinham convivido com Soizic logo antes de sua morte, reuni algumas informações. Uma confidência aqui levava a uma pergunta ali, e assim por diante. Pouco a pouco, esses fios se transformaram numa teia que fez de meu luto inicial uma investigação detalhada sobre as circunstâncias da morte de Soizic. Fazia muito tempo que eu não trabalhava em campo, mas ainda tinha os reflexos e o senso de orientação adquirido durante minha passagem pela ajuda humanitária. Eu tinha alguns contatos e, acima de tudo, tempo.

*

Sempre me perguntei o que Soizic estaria fazendo na companhia de um jovem jornalista do *Guardian* quando foi morta. O sujeito se chamava Timothy Mercurio. Nunca acreditei que pudesse ser um amante passageiro – e mais tarde fiquei sabendo que Mercurio era assumidamente gay. Mas também nunca acreditei que os dois estivessem juntos por acaso. Soizic conhecia a língua servo-croata. O jornalista devia ter pedido sua companhia e ajuda para entrevistar algumas pessoas. Uma história chegou até mim repetidas vezes: Mercurio estaria investigando a Casa do Diabo, uma antiga fazenda situada na Albânia que havia sido transformada em centro de detenção e alimentava uma rede de tráfico de órgãos.

A existência de centros de detenção kosovares na Albânia não era um furo de reportagem. A Albânia era a base de apoio do UÇK, o Exército de Libertação, que lá instalara campos de prisioneiros. Mas a Casa do Diabo era outra coisa. Segundo o que se dizia, tratava-se de um lugar para onde os prisioneiros eram levados – sérvios, em sua maioria, mas também albaneses acusados de colaborar com a Sérvia – e triados segundo critérios médicos. Depois dessa seleção macabra, alguns eram assassinados com um tiro na cabeça e seus órgãos, retirados. Dizia-se que esse tráfico ignóbil estava nas mãos dos homens do Kuçedra, um obscuro grupo mafioso que espalhava o terror no território.

*

Eu não sabia o que pensar sobre esses rumores. No início, eles me pareceram absurdos, e pude constatar que o momento era propício a exageros de todo tipo para desacreditar este ou aquele clã. Mas decidi retomar desde o início a investigação de Mercurio e Soizic, convencido de que ninguém além de mim poderia fazer isso. Na época, a ex-Iugoslávia contava com dezenas de milhares de desaparecidos. As provas sumiam rapidamente, as pessoas tinham medo de falar. No entanto, decidi ir até o fim daquela história e, quanto mais pesquisava, mais a existência da Casa do Diabo me parecia verossímil.

De tanto procurar, consegui identificar potenciais testemunhas desse tráfico, mas elas não eram muito loquazes quando se tratava de detalhes. Havia muitos camponeses e pequenos artesãos, que morriam de medo dos homens do Kuçedra. Já falei do Kuçedra, você lembra? No folclore albanês, é um dragão maléfico com chifres. Um monstro demoníaco com nove línguas, olhos de prata, longo corpo disforme coberto de espinhos e com duas asas gigantescas. Na crença popular, o Kuçedra sempre exige mais e mais sacrifícios humanos, sem os quais cospe fogo e derrama o sangue do país.

Um dia, minha perseverança deu frutos: conheci um motorista que havia participado do transporte de prisioneiros até a Albânia. Depois de intermináveis tratativas, ele aceitou me levar até a Casa do Diabo. Era uma antiga casa de campo isolada em plena floresta, caindo aos pedaços. Percorri o local sem encontrar nenhum indício conclusivo. Difícil acreditar que operações cirúrgicas acontecessem ali. A aldeia mais próxima ficava a dez quilômetros. As pessoas do lugar eram hostis. Sempre que eu abordava o assunto, as bocas ficavam fechadas, com medo da represália dos homens do Kuçedra. Como desculpa, todos diziam não saber falar inglês.

Decidi ficar alguns dias na aldeia. Por fim, a mulher de um cantoneiro ficou comovida com minha história e se apiedou de mim, contando-me o que seu marido lhe dissera. A Casa do Diabo era apenas um lugar de passagem. Uma espécie de estação de triagem onde os prisioneiros eram submetidos a uma bateria de exames médicos e análises de sangue. Os doadores de órgãos compatíveis eram conduzidos para a clínica Phoenix, um pequeno estabelecimento clandestino num subúrbio de Istok.

*

Graças às indicações da mulher, acabei encontrando o endereço da clínica Phoenix. No Kosovo do inverno de 1999, era um prédio abandonado e em ruínas que tinha sido esvaziado por saqueadores. Restavam duas ou três camas enferrujadas, alguns equipamentos médicos ultrapassados, lixeiras cheias de saquinhos plásticos e de caixas de remédios vazios. O mais marcante foi meu encontro com uma espécie de sem-teto que vivia ali. Drogado até a medula, ele dizia se chamar Carsten Katz. Era um anestesista austríaco que trabalhara na clínica quando ela ainda estava em atividade. Mais tarde, descobri que ele também era conhecido por dois apelidos sinistros: o Homem de Areia e o Farmacêutico Sádico.

Questionei-o sobre a clínica, mas o sujeito não estava em sua melhor forma. Pingando de suor, o olhar alucinado, ele se contorcia de dor. Viciado em morfina, Katz faria qualquer coisa por uma dose. Prometi que voltaria mais tarde com a droga. Fui a Pristina, onde passei o resto do dia em busca de alcaloides. Eu tinha dólares o suficiente para abrir as boas portas e comprei toda a morfina que pude encontrar.

Havia anoitecido há muito tempo quando voltei à clínica. Carsten Katz parecia um zumbi de tão assustador. Ele tinha transformado um dos dutos de ventilação em lareira e feito um fogo com tábuas de compensado. Quando viu as duas ampolas de morfina, atirou-se sobre mim como um demente. Eu mesmo injetei a droga no sujeito, e esperei um bom tempo até ele recuperar a calma. Então o anestesista começou a falar e não parou mais.

Primeiro ele me confirmou a função de triagem da Casa do Diabo. Depois, o transporte de alguns prisioneiros até a clínica Phoenix, onde eles eram executados com um tiro na cabeça antes que seus órgãos – principalmente os rins – fossem retirados para ser transplantados. Os receptores eram ricos doentes estrangeiros que podiam pagar entre 50 mil e 100 mil euros pela cirurgia, obviamente. "O negócio ia bem", continuou Carsten Katz. O anestesista afirmava poder identificar os homens do Kuçedra, um pequeno grupo dirigido por um trio maléfico – um chefe militar kosovar, um mafioso albanês e um cirurgião francês: Alexandre Verneuil. Enquanto os dois primeiros garantiam a captura e o transporte dos prisioneiros, era seu pai, Mathilde, quem supervisionava toda a parte "médica". Além de Katz, seu pai havia recrutado uma equipe de médicos: um cirurgião turco, um cirurgião romeno e um enfermeiro-chefe grego. Sujeitos competentes no plano médico, mas sem muita firmeza em relação ao juramento de Hipócrates.

Segundo Katz, cerca de cinquenta cirurgias foram realizadas na clínica Phoenix. Às vezes, os rins não eram transplantados no local, mas enviados de avião para clínicas estrangeiras. Pressionei o austríaco o máximo que pude, mostrando outras ampolas de morfina. O Homem de Areia foi categórico: Alexandre Verneuil era o verdadeiro cérebro do negócio, aquele que havia concebido o tráfico e que comandava as operações. O pior era que Kosovo não era uma espécie de experiência para o seu pai, mas a repetição de um tráfico bastante rodado que ele já havia instalado em outras regiões, ao sabor de suas missões humanitárias. Graças à sua rede e à sua posição, Verneuil tinha acesso a bases de dados em muitos países e podia entrar em contato com pacientes gravemente doentes, dispostos a desembolsar muito dinheiro por um novo órgão. Tudo era feito em dinheiro vivo, claro, ou passava por contas bancárias offshore.

Tirei mais duas ampolas de morfina do bolso do casaco. O médico olhou para elas com uma expressão ensandecida.

– Agora quero que me fale de Timothy Mercurio.

– O cara do *Guardian*? – lembrou-se Katz. – Ele nos vigiava havia várias semanas. Tinha conseguido chegar até nós graças a um informante: um enfermeiro kosovar que havia trabalhado conosco no início da operação.

O austríaco fechou um cigarro, que tragou como se sua vida dependesse daquilo.

– O pessoal do Kuçedra tinha intimidado Mercurio várias vezes, para dissuadi-lo de continuar com suas investigações, mas o jornalista quis bancar o herói. Uma noite, os guardas o encontraram aqui, com sua câmera. Totalmente inconsequente da parte dele.

– Ele não estava sozinho.

— Não, estava com uma loira que devia ser sua assistente ou intérprete.

— Vocês os mataram?

— Foi o próprio Verneuil quem os matou. Não havia outra saída.

— E os corpos?

— Foram levados para os arredores de Pristina, para que se pensasse que ele e a garota tinham caído numa emboscada. É triste, mas não vou chorar por eles. Mercurio sabia muito bem dos riscos que estava correndo ao vir aqui.

*

Você queria a verdade, Mathilde, muito bem, aqui está: seu pai não era o médico brilhante e generoso que parecia. Era um criminoso e um assassino. Um monstro abominável que tinha várias dezenas de mortes nas costas. E que matou com as próprias mãos a única mulher que já amei.

*

Quando voltei para a França, eu estava decidido a matar Alexandre Verneuil. Mas primeiro me dediquei a transcrever e registrar por escrito todos os testemunhos que obtive nos Bálcãs. Revelei e classifiquei todas as fotografias que tirei, montei as imagens que filmei e fiz mais pesquisas sobre os outros lugares de atuação de seu pai, para constituir um dossiê de acusação o mais detalhado possível. Eu não queria que Verneuil apenas morresse, eu queria revelar ao mundo o monstro que ele era. O mesmo que você quis fazer comigo, em suma.

Quando acabei, quando a hora de passar à ação chegou, comecei a segui-lo, a vigiá-lo em quase todos os seus deslocamentos. Eu ainda não sabia ao certo o que queria fazer. Queria que o suplício durasse bastante, que ele sofresse o máximo possível. Mas quanto mais o tempo passava, mais uma coisa se evidenciava: minha vingança seria inócua demais. Matando Verneuil, eu correria o risco de transformá-lo numa vítima e daria um fim rápido demais ao calvário que eu queria que ele vivesse.

Em 11 de junho de 2000, entrei no Dôme, no Boulevard du Montparnasse, o restaurante que seu pai frequentava. Deixei ao maître uma fotocópia de meu dossiê de acusação e pedi que o entregasse a Verneuil. Saí antes que seu pai me visse. Eu estava decidido a compartilhar minhas revelações e minhas provas com a justiça e com a imprensa no dia seguinte. Mas antes eu queria que Verneuil se borrasse de medo e ficasse apavorado. Eu queria que ele tivesse algumas horas de antecipação, para que imaginasse o cerco se fechando sobre ele e sufocando-o aos poucos. Para que tivesse momentos dolorosos de plena consciência e perdesse a cabeça ao imaginar o tsunami que recairia sobre ele e devastaria sua vida, a de sua mulher, de seus filhos, de seus pais. Que o exterminaria.

Voltei para casa atordoado e senti que Soizic morria pela segunda vez.

*

– ZIDANE PRESIDENTE! ZIDANE PRESIDENTE!

Fui acordado um pouco antes das 23 horas – molhado de suor e agitado – pelos torcedores de futebol que festejavam a vitória da seleção francesa. Eu tinha passado a tarde bebendo e estava com a mente enevoada. Uma coisa me atormentava. Como reagiria uma pessoa tão demoníaca quanto Verneuil? Havia poucas chances de ele não fazer nada. Eu havia agido sem pensar nas consequências de meus atos. Sem pensar, justamente, em sua mulher e em seus dois filhos.

Tomado por um pressentimento funesto, saí de casa correndo. Peguei meu carro no estacionamento Montalembert e cruzei o Sena até o Jardin du Ranelagh. Chegando ao Boulevard de Beauséjour, diante do prédio onde seus pais moravam, entendi que havia alguma coisa errada. O portão automático da garagem subterrânea estava aberto. Entrei e estacionei o Porsche lá dentro.

Depois tudo se acelerou. Enquanto eu chamava o elevador, ouvi dois tiros. Corri pelas escadas e subi os degraus até o segundo andar. A porta estava entreaberta. Quando entrei, seu pai estava armado com uma espingarda deslizante. O chão e as paredes do hall de entrada estavam manchados de vermelho. Vi o cadáver de sua mãe e de seu irmão no fim do corredor. E você seria a próxima. Como outros antes dele, seu pai estava tomado de uma loucura assassina: exterminava a própria família antes de se suicidar. Atirei-me em cima dele para tentar desarmá-lo. Lutamos no chão e um tiro escapou, explodindo a cabeça dele.

Foi assim, sem saber, que salvei sua vida.

14
Dois sobreviventes do nada

O inferno está vazio,
todos os demônios estão aqui.

William Shakespeare

1.

Relâmpagos fulgurantes iluminaram o interior da sala, seguidos por um estrondo. Sentada à mesa, Mathilde terminava de ler a confissão de Nathan Fawles. Tinha a impressão de não conseguir respirar, como se o ar se tornasse rarefeito e ela estivesse prestes a ter uma apoplexia.

Para provar suas palavras, Fawles havia ido além do relato. Buscara de um armário os documentos de sua investigação, três grandes pastas onde estavam reunidos todos os papéis datilografados à máquina.

Mathilde estava diante das terríveis ações de seu pai. Ela havia exigido a verdade, mas a verdade, inadmissível, a fazia ficar sem chão. Seu coração palpitava com tanta violência que ela sentia as artérias prestes a explodir. Fawles lhe prometera um jato de ácido. Não apenas mantivera sua palavra como havia mirado nos olhos.

Ela sentia raiva de si mesma. Como podia ter sido cega a esse ponto? Nem durante a adolescência nem depois da morte dos pais ela se questionara sobre a proveniência do dinheiro da família. O apartamento de duzentos metros quadrados do Boulevard Beauséjour, o chalé no Val-d'Isère, a casa de férias em Cap d'Antibes, os relógios do pai, o closet duplo da mãe, do tamanho de um apartamento de duas peças. Mathilde era jornalista, havia escrito matérias sobre políticos suspeitos de desvio de bens sociais, sobre celebridades indiciadas por evasão fiscal e sobre os comportamentos imorais de alguns diretores de empresas, mas nunca se dera ao trabalho de olhar para si mesma. Casa de ferreiro, espeto de pau.

Pelo vidro, ela viu Fawles no terraço. Imóvel, protegido da chuva pela cobertura de madeira do pátio, ele olhava fixamente para o horizonte. Seu fiel Bronco montava guarda a seu lado. Mathilde pegou a espingarda que havia deixado sobre a mesa durante a leitura. A espingarda com a coronha de nogueira e o cano de aço polido com a gravura do Kuçedra. A espingarda que, ela agora sabia, havia dizimado sua família.

E agora?, perguntou-se Mathilde.

Ela podia dar um tiro na própria cabeça e acabar com aquilo. Naquele momento, seria um alívio. Tantas vezes ela se sentira culpada de não ter morrido junto com o irmão.

Ela também podia matar Fawles, queimar sua confissão e seu dossiê de investigação para proteger a memória dos Verneuil a todo custo. Um segredo de família como aquele, tornado público, seria uma mancha da qual ela não se recuperaria. Uma ignomínia que a condenaria a não ter filhos. Uma infâmia que contaminaria a linhagem e a descendência por séculos e séculos. A terceira solução seria matar Fawles e matar-se em seguida para eliminar todas as testemunhas daquele caso. Erradicar definitivamente a lepra do "caso Verneuil".

A imagem de Théo não saía da sua cabeça. Lembranças felizes. Pungentes. O rosto alegre do irmão, que emanava bondade. Seus óculos coloridos e seus dentes separados. Théo era tão apegado a ela. Confiava tanto nela. Muitas vezes, quando estava com medo – do escuro, dos monstros dos contos de fadas, dos colegas de quinto ano no pátio do recreio –, ela o tranquilizava e repetia que ele não precisava se preocupar, que sempre estaria a seu lado quando ele precisasse dela. Palavras que não tinham adiantado nada, pois na única vez que ele *realmente* estivera em perigo ela não pudera fazer nada. Pior ainda: ela só pensara em si mesma e se escondera no quarto. Essa lembrança era insuportável. Ela nunca poderia viver com ela.

Pelo vidro, viu que Fawles, apesar da chuva, descia a escada de pedra que levava ao píer onde estava atracada a Riva Aquarama. Por um momento, pensou que ele fosse usar o barco, mas lembrou de ter visto as chaves na mesinha da entrada.

Seus ouvidos zumbiam. Seu cérebro estava em ebulição. Ela passava de uma ideia à outra, de uma emoção à outra. Não era exatamente certo dizer que nunca se fizera perguntas sobre a família. Desde os dez anos de idade – e talvez até antes – tivera alternâncias de períodos luminosos e de fases mais sombrias. Momentos em que se sentia devorada por uma inquietação e por uma infelicidade cuja causa ignorava. Depois, tivera transtornos alimentares, que haviam levado a duas internações na Casa do Adolescente.

Agora entendia que, à época, o segredo da vida dupla de seu pai já a carcomia por dentro. E que o mesmo segredo começava a contaminar seu irmão. Ela subitamente entendia a vida de Théo sob uma nova luz: sua tristeza, sua asma, seus pesadelos atrozes, sua perda de confiança em si mesmo e suas medíocres notas escolares. Eles carregavam aquele segredo desde a infância, como um veneno que os matava aos poucos. Sob o verniz da família perfeita, o irmão e a irmã haviam captado as zonas de sombra e as emanações tóxicas do pai. De maneira inconsciente. Como telepatas, eles tinham captado algumas palavras enigmáticas, atitudes, não ditos, silêncios que haviam introjetado neles um desconforto difuso.

E o que sua mãe saberia dos crimes do marido? Talvez pouca coisa, mas talvez Sofia tivesse se acomodado rápido demais e sem fazer perguntas a uma situação em que o dinheiro era abundante.

Mathilde sentiu-se afundar: em poucos minutos, tinha perdido todas as suas referências, todas as coisas que definiam sua identidade há tanto tempo. No momento em que virou a arma para si mesma, tentou desesperadamente se agarrar a alguma coisa, e um detalhe do relato de Fawles lhe veio à mente: a ordem da queda dos corpos. De repente, Mathilde começou a duvidar da versão do escritor. Depois de sua amnésia pós-traumática, as lembranças haviam voltado com surpreendente precisão. E ela tinha certeza de que seu pai fora o primeiro a morrer.

2.

O estrondo de um trovão sacudiu a casa, como se ela fosse se soltar da falésia. Com a espingarda na mão, Mathilde cruzou o terraço e desceu a escada para ir ao encontro de Fawles e seu cachorro perto do píer.

Ela chegou à grande laje rochosa que se estendia diante do nível térreo da casa. O escritor se refugiara sob o alpendre da imponente fachada de pedra com uma série de escotilhas opacas. A primeira vez que vira aquelas escotilhas, Mathilde ficara intrigada. Agora ela compreendia que o lugar podia servir de hangar para a Riva Aquarama, mesmo quando, em dias de tempestade, algumas ondas submergissem o píer e subissem até ali.

– Há uma coisa que não bate na sua história.

Cansado, Fawles massageou a nuca.

– A ordem da queda dos corpos – insistiu Mathilde. – Você disse que, antes de morrer, meu pai matou minha mãe, depois meu irmão.

– Foi o que aconteceu.

– Mas não é o que lembro. Quando fui acordada pelo primeiro tiro, saí do quarto e *vi* o corpo do meu pai no corredor. Foi depois que ouvi o assassinato da minha mãe e do meu irmão.

– Isso é o que você *pensa* lembrar. Mas são lembranças reconstituídas.

– Eu sei o que vi!

Fawles parecia saber o que estava falando:

– As lembranças que voltam várias décadas depois de um blecaute têm uma aparência de exatidão, mas não são confiáveis. Elas não são fundamentalmente falsas, mas foram danificadas e reconstruídas.

– Você é neurologista?

– Não, sou romancista e li sobre o assunto. A memória pós-traumática pode ser falha, é um fato. O debate sobre o que chamamos de "falsas memórias" causou furor por vários anos nos Estados Unidos. Foi chamado de "guerra das lembranças".

Mathilde o atacou em outra frente:

– Essas pesquisas no Kosovo, por que você foi o único a fazê-las?

– Porque eu estava lá e, acima de tudo, porque não pedi autorização a ninguém.

– Se o tráfico de órgãos realmente existiu, ele precisa ter deixado rastros. As autoridades não podem ter varrido uma coisa dessas para baixo do tapete.

Fawles riu, com tristeza.

– Você nunca visitou um país em guerra ou os Bálcãs, não é mesmo?

– Não, mas...

– Houve embriões de investigações – ele a interrompeu. – Na época, porém, a prioridade era restaurar as aparências do Estado de direito, não reavivar as chagas do conflito. Além disso, administrativamente falando, reinava o caos. Entre a Unmik, a Missão de Administração Interina das Nações Unidas no Kosovo, e as autoridade albanesas havia um verdadeiro fogo cruzado. E outro entre o TPII, o Tribunal Penal Internacional para a antiga Iugoslávia, e a Eulex, a Missão da União Europeia para o Estado de Direito. Os recursos para investigações eram muito limitados. Já expliquei como é complicado conseguir depoimentos suficientemente numerosos e compatíveis, e como as provas desaparecem rapidamente nesse tipo de caso. Sem falar da barreira da língua.

Fawles parecia ter uma resposta para tudo, mas ele era um escritor, portanto por natureza – Mathilde não dava o braço a torcer – um profissional da mentira.

– Por que a porta da garagem do prédio dos meus pais estava aberta na noite de 11 de junho de 2000?

Fawles deu de ombros.

– Deve ter sido arrombada por Karim e Apolline para subir ao apartamento dos aposentados. Você deveria ter feito essa pergunta a seus avós torturadores.

– Naquela noite, depois de ouvir os dois tiros, você subiu rapidamente até nosso apartamento? – ela perguntou, continuando a análise do relato de Fawles.

– Sim, seu pai havia deixado a porta entreaberta.

– Isso parece lógico?

– Não há lógica na cabeça de alguém que decide assassinar a própria família!

– Mas você está esquecendo de uma coisa: o dinheiro.

– Que dinheiro?

– Você afirmou que uma parte do dinheiro do tráfico de órgãos era depositado numa conta ou em várias contas offshore.

– Foi o que Carsten Katz me disse, sim.

– E que fim levaram essas contas? Sou a única herdeira do meu pai e nunca ouvi falar de nada.

– É o princípio da confidencialidade bancária e da opacidade desse tipo de estabelecimento, me parece.

– Na época, tudo bem, mas desde então os paraísos fiscais já sofreram várias devassas.

– O dinheiro deve estar seguro em algum lugar, eu imagino.

– E as cartas de Soizic?

– Sim?

– O que elas faziam no closet da minha mãe?

– Seu pai deve tê-las encontrado no corpo de Soizic.

– Tudo bem, mas elas eram uma prova comprometedora. Por que ele teria corrido o risco de preservá-las?

Fawles não se deixou abalar:

– Porque foram bem escritas. Porque, em seu gênero, constituem uma obra-prima da literatura epistolar.

– Quanta modéstia...

– É a verdade.

– Mas por que ele teria dado as cartas à minha mãe, que não conhecia sua vida dupla?

Dessa vez, Fawles ficou sem resposta, ciente de que sua versão não se sustentava. E Mathilde aproveitou a brecha.

3.

A tempestade suicida e autodestrutiva havia passado. Mathilde voltara a ser ela mesma. Ou melhor, a Mathilde de que ela mesma gostava. Cheia de paixão e ardor, que era osso duro de roer e que, desde a infância, a todo custo, conseguia superar os obstáculos. Ela estava ali, viva, pronta para a luta. Restava-lhe apenas desentocar o inimigo.

– Acho que não está me dizendo a verdade, Nathan. Tenho certeza de ter visto o cadáver do meu pai no corredor antes da morte da minha mãe e de Théo.

Naquele momento, a cena tinha uma clareza absoluta em sua mente. Nítida, sólida, precisa.

A chuva estava quase parando. Fawles saiu de seu abrigo e deu alguns passos pelo píer, com as mãos nos bolsos. Alcatrazes e gaivotas giravam no céu soltando gritos assustadores.

– Por que mentiu? – perguntou Mathilde, acompanhando-o até a plataforma.

Fawles encarou-a nos olhos. Ele não estava vencido, estava resignado.

– Você tem razão. O primeiro tiro daquela noite de fato matou a pessoa que você viu no corredor, mas ele não era seu pai.

– Claro que era!

Ele sacudiu a cabeça e fechou os olhos.

– Seu pai era prudente demais, meticuloso demais para não ter antecipado tudo. Com os horrores que havia cometido, ele sabia que um dia ou outro sua vida poderia sofrer um abalo. Para se proteger da catástrofe, havia organizado a eventualidade de uma fuga da noite para o dia.

Mathilde estava paralisada.

– Para onde ele iria?

– Alexandre Verneuil contava refazer sua vida sob outra identidade. Por isso as contas offshore não estavam no seu nome, mas no de seu avatar.

– Do que está falando? De quem era o corpo no corredor, Nathan?

– Ele se chamava Dariusz Korbas. Era um polonês que vivia na rua com um cachorro. Seu pai o havia localizado no Boulevard du Montparnasse um ano antes. Mesma idade, mesmo tipo físico. Ele logo entendeu os benefícios que poderia obter daquela semelhança. Conversou com o homem, voltou a vê-lo no dia seguinte e encontrou um lugar para ele numa casa de acolhimento.

O vento começou a mudar de direção, levando a chuva a verter suas últimas gotas.

– Verneuil convidava Dariusz com frequência ao restaurante – explicou Fawles. – Ele lhe dava roupas que não usava mais e facilitava seu acesso a cuidados médicos. Sem desconfiar do que seu pai tinha em mente, sua mãe recebeu Dariusz gratuitamente várias vezes no consultório dentário.

– Mas por que ele faria isso?

– Para que Dariusz pudesse tomar o lugar de Verneuil quando este julgasse necessário encenar seu suicídio.

Mathilde se sentiu tonta, como se o píer de madeira estivesse afundando no mar.

Fawles continuou:

– No dia 11 de junho de 2000, Verneuil convidou Dariusz Korbas a visitá-lo um pouco antes da meia-noite com uma mochila de viagem, dizendo que o levaria para o *Fleuron Saint Jean*.

– O *Fleuron Saint Jean*?

– Uma barca atracada no cais de Javel, transformada em abrigo, onde os sem-teto podem dormir com seus cães.

O plano de seu pai era simples: matar Korbas antes de eliminar a família, sua mãe, seu irmão e você. E foi o que aconteceu. Quando Dariusz apareceu, seu pai pediu à sua mãe que lhe preparasse um café. E aproveitou para vasculhar a mochila do sujeito. Na hora de levá-lo para o suposto abrigo, Verneuil atirou em seu rosto à queima-roupa.

Mathilde objetou imediatamente: ela sabia muito bem que o corpo de seu pai havia sido identificado:

– Exato – concordou Fawles. – O corpo foi identificado no dia seguinte por seu avô, Patrice Verneuil, e por sua avó. Identificado em meio à dor e à confusão, mais para preencher uma formalidade do que para descobrir uma armadilha na qual ninguém teria pensado.

– E os policiais?

– Eles fizeram o trabalho com escrúpulos: análise da dentição do cadáver, comparação do DNA encontrado num pente e numa escova de dentes encontrados no banheiro do seu pai.

– O pente e a escova de dentes pertenciam a Dariusz – adivinhou Mathilde.

Fawles assentiu:

– A mochila de viagem era para isso.

– E quanto à dentição?

– Era o mais difícil, mas seu pai pensou em tudo: como ele e Dariusz frequentavam a mesma dentista, sua mãe, bastou trocar as panorâmicas dentárias, à tarde, para enganar os técnicos da perícia.

– E as cartas a Soizic? Por que elas estavam no closet da minha mãe?

– Para que os investigadores acreditassem que ela tinha um amante. E que a traição da mulher tivesse sido a causa do massacre. A inicial S. ajudaria.

Fawles passou a mão nos cabelos para tirar as gotas de chuva. O passado voltava a assediá-lo e continuava igualmente difícil de enfrentar.

– Quando cheguei ao apartamento, seu pai já havia matado Dariusz Korbas, sua mãe e seu irmão. Ele havia deixado a porta aberta, é verdade, sem dúvida para poder fugir mais rápido. Mas antes ele precisava matar você, hoje sei. Lutei para desarmá-lo e dei-lhe várias coronhadas no rosto para deixá-lo fora de combate. Depois fui até seu quarto, mas não vi ninguém.

– Foi por isso que reconheci suas botas.

– Depois, voltei para a sala. Seu pai estava bem machucado, inconsciente, mas ainda estava vivo. Eu estava aturdido pelo que tinha acabado de viver. Só fui compreender o que havia acontecido muito mais tarde. No calor da ação, decidi descer de elevador com o corpo desacordado de Verneuil. No estacionamento, carreguei-o até o carro e o coloquei no banco do passageiro.

Mathilde agora entendia por que Apolline Chapuis havia jurado ter visto duas pessoas no Porsche do escritor.

– Saí do prédio e me dirigi ao hospital que me pareceu mais próximo: Ambroise-Paré, em Boulogne-Billancourt.

A poucos metros da emergência, no entanto, decidi seguir reto e não parei. Dirigi a noite inteira: anel viário, autoestrada A6, depois a Provençal até Toulon. Eu não conseguia me decidir a levar Verneuil para um hospital. Ele não podia ser o único a sair vivo daquela tragédia da qual era o único responsável.

4.

– Cheguei a Hyères ao amanhecer. Nesse meio-tempo, Verneuil havia recobrado um pouco os sentidos, mas eu o amarrara com os dois cintos de segurança.

Fawles falava do mesmo jeito que devia ter dirigido naquela noite: rápido e sem pausas.

– Segui até o porto de Saint-Julien-les-Roses, onde estava meu barco. Coloquei Verneuil na Riva Aquarama, depois naveguei até aqui. Eu queria matá-lo pessoalmente, como decidira fazer ao voltar do Kosovo. Como deveria ter feito, pois teria evitado a carnificina que eu tinha acabado de presenciar. Mas não passei imediatamente à ação. Eu não queria que sua morte fosse suave. Queria que fosse lenta, horrível, tenebrosa.

Caminhando, Fawles se aproximou do hangar do barco. Parecia febril:

– Para vingar a morte de Soizic e de todas as pessoas que Verneuil havia assassinado, eu precisava enviá-lo ao inferno. Mas o verdadeiro inferno não é um tiro na cabeça nem uma facada no coração. O verdadeiro inferno é eterno, um sofrimento perpétuo, o mesmo castigo infligido de novo e de novo. O mito de Prometeu.

Mathilde ainda não entendia aonde Fawles queria chegar.

– Sequestrei Verneuil e o mantive refém no *Cruzeiro do Sul* – ele continuou –, e, depois de obter as respostas que me faltavam, não lhe dirigi mais a palavra. Pensei que saciaria minha vingança com o passar do tempo, uma vingança na exata medida do sofrimento que eu sentia. E os dias passaram, as semanas, os meses, os anos. Anos de solidão e isolamento. Anos de penitência e tortura que, no fim, me levaram a uma terrível constatação: depois de todo esse tempo, o verdadeiro prisioneiro não era Verneuil, mas eu. Tornei-me o carcereiro de mim mesmo...

Estupefata, Mathilde deu um passo para trás, atingida pela terrível verdade: por anos a fio, Nathan Fawles mantivera seu pai preso naquele hangar. Naquela parte da construção, protegida por escotilhas opacas, onde ninguém jamais colocava os pés.

Ela olhou para a *boat house* que se fundia à falésia. A entrada se dava por uma estreita abertura lateral ou por um portão metálico automático, como de uma garagem. Ela olhou para Fawles, em busca de confirmação. O escritor tirou do bolso um pequeno controle remoto e o apontou para o portão, que se abriu lentamente, na vertical, com um rangido.

5.

O vento engolfou-se no antro do monstro e rodopiou, carregando consigo um cheiro terrível de terra calcinada, enxofre e urina.

Reunindo todas as forças que lhe restavam, Mathilde avançou na direção daquele abismo para um último confronto. Ela destravou a espingarda e apertou-a de encontro ao corpo. O vento lhe fustigava o rosto, mas seu frescor lhe fazia bem.

Ela esperou um bom tempo. Um som metálico se misturou ao sopro do mistral. A toca do Kuçedra estava mergulhada na escuridão. O som de correntes se intensificou, e o demônio surgiu das trevas.

Alexandre Verneuil não tinha mais uma forma humana. Sua pele estava lívida, seca e marmorizada como a de um réptil, seus cabelos brancos formavam uma juba assustadora, suas unhas pareciam garras e seu rosto violáceo, coberto de pústulas, tinha duas fendas: dois olhos desvairados e alucinados.

Mathilde sentiu que perdia o chão diante do monstro que seu pai se tornara. Em poucos segundos, ela voltou a ser a garotinha assustada com medo do lobo mau e do bicho-papão. Engoliu em seco. Quando abaixou a arma, uma brecha no céu fez brilhar as gravuras que decoravam o cano: um Kuçedra triunfante de olhos prateados abrindo asas gigantescas. Seu corpo começou a tremer. Ela se agarrou à coronha, mas...

*

– Mathilde! Estou com medo!

Uma voz que vem da infância. Uma velha lembrança perdida em algum lugar de sua mente. Verão de 1996. A Baía dos Pinheiros, a poucos quilômetros dali. O vento morno, a sombra das coníferas, o cheiro inebriante dos eucaliptos. A gargalhada de Théo. Ele tem sete anos. Ele sobe sozinho no primeiro patamar da Punta dell'Ago, a pequena ilha rochosa que se eleva na frente da praia. Mas não tem mais certeza de ter coragem para mergulhar. Alguns metros abaixo, Mathilde nada na água azul-turquesa. Com a cabeça levantada na direção do pico rochoso, ela grita para encorajá-lo:

– Pule, Théo! Você consegue!

Como o irmão ainda hesita, ela balança os braços em sua direção e, com toda a convicção de que é capaz, grita:

– Confie em mim!

As palavras mágicas. Que não devem ser pronunciadas com leviandade. Que fazem com que, de repente, os olhos de Théo brilhem e ele comece a sorrir. Ele pega impulso, corre e se atira no mar. A imagem se fixa com ele ainda no ar, como um pirata numa abordagem. É um momento leve, feliz, mas que já carrega sua própria nostalgia. Um momento a salvo de tudo o que a vida se tornará mais tarde: peso, tristeza, dor.

*

A lembrança se turvou e acabou se dissolvendo em lágrimas.

Mathilde enxugou a bochecha e avançou na direção do dragão. O demônio que estremecia diante de seus olhos não tinha mais nada de maléfico ou ameaçador. Era um espasmo hediondo de asas quebradas que se arrastava no chão de pedra como um farrapo raquítico. Uma quimera ofuscada pela luz do dia.

O mistral se enfurecia.

Mathilde não tremia mais.

Ela engatilhou a espingarda.

O fantasma de Théo murmurou em seu ouvido.

Confie em mim.

Não chovia mais. O vento empurrava as nuvens.

Ouviu-se um tiro.

Um estalido seco e breve que ecoou no céu sem cor.

EPÍLOGO

"De onde vem a inspiração?"
Notas para *A vida secreta dos escritores*

por Guillaume Musso

Na última primavera, pouco depois do lançamento do meu novo romance, fui convidado a participar de uma sessão de autógrafos na única livraria da ilha Beaumont. Com a morte de seu antigo proprietário, A Rosa Escarlate fora comprada por duas livreiras de Bordeaux. Duas jovens mulheres cheias de entusiasmo que haviam apostado na modernização e na reabertura daquele velho patrimônio do qual queriam que eu me tornasse o padrinho.

Eu nunca visitara Beaumont e não sabia muita coisa de sua geografia. Na minha cabeça, a ilha se confundia um pouco com Porquerolles. Aceitei o convite, no entanto, porque as livreiras eram simpáticas e porque eu sabia que

Beaumont era o lugar onde Nathan Fawles, meu escritor preferido, vivera por quase vinte anos.

Eu tinha lido em vários lugares que os moradores da ilha eram desconfiados e pouco acolhedores, mas o bate-papo e a sessão de autógrafos que se seguiu à conversa foram realmente calorosos, e as trocas com os beaumonteses foram muito agradáveis. Todos tinham anedotas a contar e eu me senti bem entre eles. "Os escritores sempre foram bem-vindos em Beaumont", me asseguraram as duas livreiras. Elas tinham me reservado para o final de semana um quarto pitoresco no sul da ilha, perto de um mosteiro onde vivia uma comunidade de beneditinas.

Aproveitei esses dois dias para caminhar pela ilha e logo me apaixonei por aquele pedaço da França que não era a França. Uma espécie de eterna Côte d'Azur, sem os turistas, o barulho, a poluição e o concreto. Eu não conseguia ir embora da ilha. Decidi prolongar minha visita e comecei a procurar uma casa para comprar ou alugar. Na ocasião, fui informado de que não havia imobiliárias em Beaumont: uma parte dos bens era transmitido de família em família e a outra por cooptação. Minha senhoria, uma velha irlandesa chamada Colleen Dunbar, com quem falei de meus planos, mencionou uma casa potencialmente disponível, chamada *Cruzeiro do Sul*, que havia pertencido a Nathan Fawles. Ela me colocou em contato com a pessoa autorizada a fazer a transação.

Tratava-se de Jasper van Wyck, nome lendário do mundo editorial nova-iorquino. Van Wyck havia sido agente de Fawles e de outros autores importantes. Era conhecido principalmente por ter possibilitado a publicação de *Loreleï Strange*, embora o romance tivesse sido recusado pela maioria das editoras de Manhattan. Quando algum artigo sobre Fawles surgia na imprensa, era sempre Van Wyck quem falava. Eu me perguntava como seria a relação dos dois. Mesmo antes de se fechar num silêncio completo, Fawles já dava a impressão de detestar todo mundo: jornalistas, editores e mesmo seus colegas escritores. Quando liguei, Van Wyck estava de férias na Itália, mas aceitou interrompê-las por um dia para me fazer um tour no *Cruzeiro do Sul*.

O encontro foi marcado e, dois dias depois, Jasper veio me buscar na casa de Colleen Dunbar ao volante de um Mini Moke alugado, com pintura de camuflagem. Rechonchudo e bondoso, o agente lembrava Peter Ustinov no papel de Hercule Poirot: roupas antiquadas de dândi, bigodes para cima, olhar malicioso.

Ele me levou até a Ponta do Açafrão, depois se aventurou por uma vegetação selvagem onde o cheiro da brisa marinha se misturava ao do eucalipto e da hortelã-pimenta. A estrada dava voltas por uma encosta íngreme e o mar apareceu de repente, junto com a casa de Nathan Fawles, um paralelepípedo de pedra ocre, vidro e concreto.

Fiquei fascinado. Eu sempre tinha sonhado morar num lugar como aquele: uma casa pendurada na falésia com o mar azul a perder de vista. Imaginei crianças correndo no terraço, minha mesa de trabalho de frente para o mar, onde eu escreveria romances com facilidade, como se a beleza da paisagem pudesse ser uma eterna fonte de inspiração. Mas Van Wyck pediu uma fortuna por ela e me disse que eu não era o único interessado. Um empresário do Golfo já visitara o local várias vezes e chegara a fazer uma oferta. "Seria uma pena perder essa chance", disse Jasper, "a casa foi feita para ser habitada por um escritor." Embora eu não soubesse o que fosse uma casa de escritor, fiquei com tanto medo de perdê-la que disse sim para aquele gasto absurdo.

*

Mudei-me para o *Cruzeiro do Sul* no fim do verão. A casa estava em bom estado, mas precisava de uma boa arejada. Eu precisava fazer alguma coisa com meus dez dedos, então aproveitei. Pus mãos à obra. Eu me levantava todos os dias às seis da manhã e escrevia até a hora do almoço. A tarde era dedicada aos trabalhos de renovação da casa: pintura, encanamentos, eletricidade. No início, viver no *Cruzeiro do Sul* foi um pouco intimidante. Van Wyck me vendera a casa mobiliada. Não importava o que eu fizesse, o fantasma de Fawles rondava por toda parte: o escritor havia tomado seu café da manhã naquela mesa, havia cozinhado naquele forno, bebido café naquela xícara. Logo me tornei obcecado por Fawles e me perguntei se ele fora feliz naquela casa e por que decidira vendê-la.

Claro que eu havia feito essa pergunta a Van Wyck em nosso primeiro encontro, mas ele, apesar da amabilidade, não se fizera de rogado para me responder que aquilo não era da minha conta. Entendi que se perguntasse mais alguma coisa nesse sentido, a casa nunca seria minha. Reli os três romances de Fawles, baixei todos os artigos que pude encontrar sobre ele na internet e, acima de tudo, conversei com as pessoas da ilha que o haviam conhecido. Os beaumonteses me fizeram um retrato bastante elogioso do escritor. Ele por certo era considerado um pouco melancólico, desconfiado dos turistas, e se recusava sistematicamente a ser fotografado ou a responder qualquer coisa sobre seus livros, mas com os autóctones Fawles era educado e cortês. Longe da imagem do solitário ranzinza, ele tinha senso de humor, era bastante sociável e frequentava o As Flores do Malte, o bar da ilha. Sua mudança súbita surpreendera a maioria da população. As circunstâncias de sua partida não eram muito claras, aliás, mas todos concordavam em dizer que Fawles bruscamente saíra de circulação depois de conhecer uma jornalista suíça que estava de férias na ilha. Uma jovem mulher que entrara em contato com ele porque encontrara seu cachorro, um golden retriever chamado Bronco, que estivera perdido por vários dias. Ninguém sabia mais do que isso e, embora ninguém me dissesse abertamente, eu sentia que os insulares estavam um pouco decepcionados com aquele sumiço sem despedidas. "É a timidez dos escritores", eu explicava para defendê-lo. Mas não sei se acreditavam.

*

O inverno chegou.

Perseverante, continuei trabalhando na casa à tarde e num novo livro pela manhã. Para falar a verdade, não escrevia muito. Eu tinha começado um romance, *A timidez dos cimos*, que não conseguia acabar. A sombra imponente de Fawles me perseguia. Em vez de escrever, eu passava as manhãs fazendo pesquisas sobre ele. Encontrei o rastro da jornalista suíça – que se chamava Mathilde. Na redação do seu jornal, me disseram que ela havia pedido demissão, e não descobri mais nada. Cheguei até seus pais, no cantão de Vaud. Eles me disseram que a filha estava bem e que eu fosse para o inferno.

Em relação às obras na casa, as coisas avançavam num ritmo mais rápido, felizmente. Depois da reforma nas peças principais, dediquei-me às partes anexas, a começar pelo hangar para barcos no qual devia dormir a Riva Aquarama de Fawles. Jasper tentara me vendê-la, mas eu não saberia o que fazer com uma lancha daquelas e declinei da oferta. A *boat house* era o único lugar da casa que me parecia cheio de vibrações negativas. Escuro, frio, gélido. Aumentei a iluminação do local reformando as belas janelas de formas ovais que lembravam escotilhas e tinham sido muradas. Ainda insatisfeito, derrubei várias paredes internas. Numa dessas demolições, tive a surpresa de descobrir ossos misturados ao cimento.

De repente, fiquei nervoso. Seriam ossos humanos? De quando datavam aquelas paredes? Fawles estaria ligado a algum assassinato?

Mas os romancistas costumam ver histórias em tudo. Eu tinha consciência disso e decidi me acalmar.

Quinze dias depois, mais sereno, fiz outra descoberta – dessa vez, num dos cantos do telhado. Uma máquina de escrever Olivetti verde e uma pasta de cartolina com as cem primeiras páginas do que parecia ser um romance inacabado de Fawles.

Fiquei excitado como não ficava há muito tempo. Desci à sala com meu tesouro embaixo do braço. A noite havia caído e a casa estava um gelo. Acendi a lareira suspensa do centro da peça e me servi de um copo de Bara No Niwa – Fawles havia deixado no bar duas garrafas de seu uísque preferido. Instalei-me na poltrona que ficava de frente para o mar e li as páginas datilografadas. Uma primeira vez com avidez e uma segunda para apreender plenamente o texto. Foi uma das experiências de leitura mais marcantes de minha vida. Diferente, mas comparável em intensidade às que tive na infância e na adolescência ao descobrir *Os três mosqueteiros*, *O bosque das ilusões perdidas* e *O príncipe das marés*. Eram as primeiras páginas de *Um verão invencível*, o romance em que Fawles trabalhava antes de parar de escrever. Ele comentara alguma coisa a respeito nas últimas entrevistas que dera à AFP. O livro se anunciava como um romance-rio poderoso e humanista baseado numa galeria de personagens que evoluíam ao longo dos quase quatro anos que havia durado o cerco de Sarajevo. O que li era apenas um início – um texto bruto, não corrigido, não polido –, mas um início fulgurante, amplamente à altura do que Fawles escrevera até então.

Nos dias que se seguiram, levantei-me todas as manhãs com uma sensação de orgulho no coração, repetindo para mim mesmo que provavelmente tivera o privilégio de ser a única pessoa no mundo a ter tido acesso àquele texto. Ao fim dessa embriaguez, perguntei-me por que Fawles teria abandonado seu texto no meio do caminho. A versão que eu havia lido datava de outubro de 1998. O romance começava bem. Fawles devia estar satisfeito com seu trabalho. Alguma coisa devia ter acontecido em sua vida para que ele desistisse de escrever de maneira tão brutal. Uma grande depressão? Uma paixão fracassada? A perda de um ente querido? Sua decisão teria algo a ver com os ossos que eu havia encontrado na parede do hangar?

Para tirar minhas dúvidas, decidi mostrar os ossos a um especialista. Alguns anos antes, fazendo pesquisas para um romance policial, eu havia conhecido Frédérique Foucault, uma antropóloga judicial que analisava cenas de crime. Ela me disse para visitá-la em seu escritório parisiense do Inrap. Fui à Rue d'Alésia com uma pequena mala de alumínio contendo uma amostra dos ossos. Na última hora, porém, no hall de entrada, mudei de ideia e fui embora. Em nome de quê eu correria o risco de lançar um véu sobre a vida de Fawles? Eu não era juiz, nem jornalista. Era romancista. Também era um leitor de Fawles e, embora possa parecer uma impressão ingênua, eu tinha certeza de que o autor de *Loreleï Strange* e de *Os fulminados* não era nem um filho da puta, nem um assassino.

*

Livrei-me dos ossos e marquei um encontro com Jasper van Wyck em Nova York, em seu pequeno escritório do Flatiron Building soterrado por manuscritos. As paredes estavam cobertas de gravuras com tinta sépia representando cenas de luta entre dragões, uns mais terríveis e ameaçadores que os outros.

"Uma alegoria do mundo dos editores?", perguntei.

"Ou do mundo dos escritores", ele me devolveu.

Estávamos a uma scmana do Natal. Ele estava de bom humor e me convidou para comer ostras no Pearl Oyster Bar de Cornelia Street.

"Espero que ainda esteja gostando da casa", ele me perguntou. Assenti, e contei das minhas obras e dos ossos encontrados numa parede do hangar. Apoiado no balcão,

Jasper franziu o cenho, embora o restante de seu rosto se mantivesse impassível. Servindo-me uma taça de Sancerre, ele me disse que conhecia bem a arquitetura do *Cruzeiro do Sul*, que sua construção datava dos anos 1950 e 1960, ou seja, muito antes de Fawles comprá-lo, e que esses ossos deviam ser de algum bovídeo ou canídeo.

"Essa não foi minha única descoberta", eu disse, e contei das cem páginas de *Um verão invencível*. Primeiro, Jasper pensou que eu estivesse brincando, depois ficou em dúvida. Tirei da pasta as dez primeiras páginas do manuscrito, Van Wyck leu-as, cheio de curiosidade. "Aquele maluco sempre me disse que tinha queimado esse manuscrito!"

"O que quer em troca do resto?", ele me perguntou. "Nada", eu disse, entregando as páginas restantes, "não sou um chantagista." Ele me olhou com gratidão e pegou aquelas folhas como se elas fossem uma relíquia. Saindo do restaurante de ostras, perguntei-lhe de novo se ele tinha notícias de Fawles, mas ele desconversou.

Mudei de assunto e disse que estava procurando um agente americano para um novo projeto de livro: eu queria contar de forma romanceada os últimos dias de Nathan Fawles na ilha Beaumont. "Péssima ideia", preocupou-se Jasper. "Não estou falando de uma biografia, nem de uma obra intrusiva", tentei tranquilizá-lo, "mas de uma ficção inspirada na figura de Fawles. Já tenho um título: *A vida secreta dos escritores*."

Jasper não esboçou reação. Eu não tinha vindo buscar sua bênção, mas fiquei incomodado de me despedir daquele jeito. "Não tenho vontade de escrever sobre mais nada", eu disse. "Para um romancista, nada é mais doloroso do que carregar uma história e não poder contá-la." Dessa vez, Jasper balançou a cabeça. "Entendo", ele disse, antes de completar com o que sempre dizia à imprensa: "O mistério Nathan Fawles é a ausência de mistério".

"Não se preocupe", eu respondi. "Vou inventar um, é o meu trabalho."

*

Antes de deixar Nova York, comprei vários rolos de fita numa loja de máquinas de escrever usadas, no Brooklyn.

Cheguei ao *Cruzeiro do Sul* numa sexta-feira, no início da noite, dois dias antes do Natal. Estava frio, mas a vista continuava de tirar o fôlego, quase irreal, o sol se pondo no horizonte. Pela primeira vez, senti que voltava para casa.

Coloquei o vinil da trilha sonora original de *O velho fuzil*, demorei para conseguir fazer um fogo na lareira e me servi de um copo de Bara No Niwa. Sentei-me à mesa da sala diante da Olivetti de baquelite e coloquei na máquina um dos rolos de fita.

Inspirei fundo. Era bom estar de novo atrás de um teclado. Aquele era meu lugar. Onde sempre me sentia menos mal. Para aquecer, datilografei a primeira frase que me veio à mente.

```
A primeira qualidade de um escritor é
ter boas nádegas.
```

O toque das teclas sob os dedos me deu um leve arrepio. Continuei:

```
Capítulo 1.
Terça-feira, 11 de setembro de 2018
O vento fazia as velas baterem, sob
um céu esplendoroso. O veleiro havia
deixado a costa do Var logo depois das
13 horas e navegava a uma velocidade de
cinco nós na direção da ilha Beaumont.
```

Pronto, eu tinha dado a largada. Logo depois dessas primeiras frases, porém, fui interrompido por um longo SMS de Jasper van Wyck. Ele me informava que aceitava ler meu romance quando eu o terminasse. (Sem dúvida para saber de que se tratava, eu não era bobo.) Depois, ele me dizia que Fawles estava bem e que o escritor o encarregara de me agradecer pela restituição das cem páginas, cuja existência dizia ter esquecido. Em confiança, Jasper anexava à mensagem uma fotografia tirada na semana anterior por um turista em Marrakesh. Laurent Laforêt, um pseudojornalista francês, havia identificado Fawles na medina e o fotografara de todos os ângulos. Como um paparazzi, o sujeito tentara vender as imagens a sites e revistas de fofoca, mas Jasper conseguira recuperá-las antes que fossem publicadas.

Curioso, ampliei a imagem que recebi no celular. Reconheci o lugar, pois o havia visitado quando estivera de férias no Marrocos: Souk Haddadine, o bairro dos ferreiros e trabalhadores de metal. Lembrei do labirinto de ruas estreitas ao ar livre, de uma concentração de barracas e estandes nos quais artesãos armados de ferramentas martelavam, fundiam e moldavam o metal para transformá-lo em lâmpadas, abajures, biombos e móveis de ferro.

No meio dos buquês de faíscas, viam-se com clareza três pessoas: Nathan Fawles, a famosa Mathilde e uma criança de cerca de um ano, sentada num carrinho.

Na foto, Mathilde usava um vestido curto de malha, uma jaqueta de couro e sandálias de salto. Sua mão estava pousada no ombro de Fawles. Um quê de sensibilidade, de doçura, de energia e de luz emanavam de seu rosto. Fawles estava em primeiro plano, de jeans, camisa de linho azul-clara e uma jaqueta de aviador. Bronzeado, olhos claros, ainda era um homem bonito. Seus óculos de sol estavam sobre a cabeça. Via-se que ele avistara o fotógrafo e que lhe lançava um olhar que parecia dizer: *filho da puta, nunca vai conseguir nos atingir*. Suas mãos conduziam o carrinho.

Olhei para o rosto da criança e levei um susto, pois ela me fez pensar em mim mesmo criança. Cabecinha clara, óculos redondos e coloridos, dentes separados. Apesar da violação de privacidade, a fotografia conseguia captar uma coisa: uma cumplicidade, um momento de paz, de equilíbrio perfeito entre aquelas vidas.

*

No *Cruzeiro do Sul*, a noite havia caído. Senti-me subitamente sozinho e triste naquela escuridão. Levantei-me para acender as lâmpadas e poder continuar a escrita.

De volta à mesa de trabalho, olhei de novo para a fotografia. Eu nunca vira Nathan Fawles pessoalmente, mas tinha a impressão de conhecê-lo porque havia lido e amado seus livros e porque morava em sua casa. Toda a luz da foto era absorvida pelo rosto do garotinho e por sua gargalhada radiante. De repente, tive certeza de que nem os livros nem a escrita tinham salvado Fawles. Era à faísca que brilhava nos olhos do menino que o escritor se agarrara. Para se recuperar e seguir em frente com a vida.

Ergui o copo de uísque e brindei com ele.

Fiquei aliviado de sabê-lo feliz.

Loreleï Strange

―――――★―――――

Nathan Fawles

A Mathilde
Nathan Fawles
10 Mars 1999

LB
Little, Brown and Company
New York Boston London

O verdadeiro do falso

De onde vem a inspiração?

Em meus encontros com leitores, livreiros e jornalistas, essa pergunta sempre acaba surgindo, cedo ou tarde. Mas ela não é tão simples quanto parece. Este romance, *A vida secreta dos escritores*, é uma maneira possível de respondê-la, ilustrando o misterioso processo que dá luz à escrita: tudo é fonte potencial de inspiração e material para a ficção, mas nada do que se encontra num romance existe tal como foi visto, vivido ou descoberto. Como num sonho, cada detalhe da realidade pode ser deformado e se tornar o elemento essencial de uma história em formação. E se transformar num romance. Verdadeiro, mas não real.

A máquina fotográfica que levou Mathilde a pensar que havia desmascarado um assassino, por exemplo, foi inspirada numa notícia de jornal. Uma Canon PowerShot foi encontrada numa praia de Taiwan depois de ter sido perdida seis anos antes no Havaí. A verdadeira máquina continha apenas fotografias de férias. A do romance é muito mais perigosa...

Outro exemplo: o "anjo de cabelos dourados", título da segunda parte do romance, é o doce apelido com que Vladimir Nabokov chamou sua esposa Vera, numa das inúmeras cartas que lhe escreveu. Foi na beleza dessas cartas, bem como às comoventes trocas epistolares entre Albert Camus e Maria Casarès, que pensei ao escrever a correspondência entre S. e Nathan Fawles.

A ilha Beaumont, por sua vez, é uma ilha fictícia inspirada, por um lado, na surpreendente cidade de Atherton, na Califórnia, e por outro lado – muito mais sedutor –, em Porquerolles, bem como em minhas viagens a Hidra, à Córsega, ou à ilha de Skye. Os nomes das lojas que ela abriga, em inventivos jogos de palavras (As Flores do Malte, Bread Pit...), vêm de estabelecimentos que encontrei em viagens ou pesquisas.

O livreiro, Grégoire Audibert, deve muito de seu desencanto a Philip Roth e a seu pessimismo sobre o futuro da leitura.

Nathan Fawles, por fim, personagem que adorei acompanhar ao longo dessas páginas, foi buscar sua necessidade de isolamento, sua renúncia à escrita, sua retirada do mundo midiático, seu jeito ríspido, ora em Milan Kundera e J.D. Salinger, ora em Philip Roth, de novo ele, e Elena Ferrante... Hoje tenho a impressão de que existe de fato e, como o Guillaume Musso fictício do epílogo, eu ficaria feliz de descobrir que conseguiu recuperar o gosto pela vida, em outro lugar do mundo.

Referências

Quarta capa: Gabriel García Márquez, citado por Gerald Martin, em *Gabriel García Márquez: a life*, Bloomsbury, 2008; página 9: Umberto Eco, *A ilha do dia anterior*, Record, 1995; página 21: Shakespeare, *O rei Lear*, v. 1606; página 27: Dany Laferrière, *Journal d'un écrivain en pyjama*, Grasset, 2013; página 43: Margaret Atwood, *Negotiating with the dead: a writer on writing*, Cambridge University Press, 2002; página 45: John Steinbeck, *A Life in Letters*, Viking Press, 1975; página 55: Umberto Eco, *Confissões de um jovem romancista*, Record, 2018; página 68: Gustave Flaubert, *A educação sentimental*, 1869; página 81: Milan Kundera, *A arte do romance*, Companhia das Letras, 2016; página 101: Philip Roth, *Operação Shylock*, Companhia das Letras, 1994; página 103: Zora Neale Hurston, *Dust Tracks on a Road*, J.B. Lippincott, 1942; página 120: Raymond Queneau, *Exercícios de estilo*, Imago, 1995; Emmanuel Levinas, "Nom d'un chien ou le droit naturel", in *Difficile Liberté*, Albin Michel, 1963;

página 123: atribuído a Eugène Ionesco; página 139: Françoise Sagan, *Je ne renie rien, Entretiens, 1954-1992*, Stock, 2014; página 156: Paul Féval, *Le Bossu*, 1858; página 165: Marcel Proust, *O caminho de Guermantes*, Biblioteca Azul, 2007; página 179: Elena Ferrante, *Frantumaglia*, Intrínseca, 2017; página 201: Virgílio, *Eneida*; página 209: Arthème Fayard, citado por Bernard de Fallois a respeito do personagem de Simenon; página 211: Henry Miller, "Lire ou ne pas lire", revista *Esprit*, abril 1960; página 215: John Irving, Entrevista, magazine *America*, n. 6, verão 2018; página 225: Franz Kafka, *Cartas a Milena*, Itatiaia, 2000; página 241: Georges Simenon, *O quarto azul*, Companhia das Letras, 2015; página 244: Henri Bergson, *O riso*, Martins Fontes, 2007; página 261: William Shakespeare, *A tempestade*.

Outros autores e obras citados:
O apanhador no campo de centeio, J.D. Salinger; *Carrie*, Stephen King; série *Harry Potter*, J.K. Rowling; *Duna*, Frank Herbert; *Um bairro distante*, Jiro Taniguchi; *Os suicidas*, *O homem que via o trem passar*, Georges Simenon; *Finnegans Wake*, James Joyce; *A ilha negra*, Hergé; *O poeta*, Michael Connelly; *As mil e uma noites*, alusão a Sherazade; *O bode expiatório*, René Girard; *O romance inacabado*, Louis Aragon; *O hussardo no telhado*, Jean Giono; *Bela do Senhor*, Albert Cohen; *Cartas portuguesas*, Gabriel de Guilleragues; "Si je mourais là-bas…", *Œuvres poétiques*, Guillaume Apollinaire; *Os três mosqueteiros*, Alexandre

Dumas; *O bosque das ilusões perdidas*, Alain-Fournier; *O príncipe das marés*, Pat Conroy; *As flores do malte*: *As flores do mal*, Baudelaire; *O anjo no inverno*: *Un singe en hiver*, Antoine Blondin; Salman Rushdie, Mario Vargas Llosa, Francis Scott Fitzgerald, Michel Tournier, J.M.G. Le Clézio, Jean d'Ormesson, John Le Carré, Marguerite Duras, André Malraux, Arthur Rimbaud, Ernest Hemingway, Pablo Neruda, Cormac McCarthy.

Filmes: *O sol por testemunha, Cidadão Kane, Laranja mecânica.*

Mapa da ilha: © Matthieu Forichon

lepmeditores

www.lpm.com.br
o site que conta tudo

Impresso na BMF Gráfica e Editora
2020